Kira Gembri

Ruby Fairygale – Das Tor zur Feenwelt

Alle Bände von **Ruby Fairygale**:

Band 1: Der Ruf der Fabelwesen
Band 2: Die Hüter der magischen Bucht
Band 3: Das Geheimnis der Tierwandler
Band 4: Das Tor zur Feenwelt

Kira Gembri

Ruby Fairygale

Das Tor zur Feenwelt

Band 4

Mit Illustrationen von Verena Körting

Loewe

FSC
www.fsc.org
MIX
Papier aus verantwortungsvollen Quellen
FSC® C014496

ISBN 978-3-7432-0952-7
1. Auflage 2021

Umschlag- und Innenillustrationen: Verena Körting
Umschlaggestaltung: Johanna Mühlbauer
Printed in the EU

www.loewe-verlag.de

Inhalt

1. KAPITEL

Ein Kobold schlägt Alarm

Seit Noahs Ankunft auf Patch Island war ihm schon jede Menge Erstaunliches zugestoßen. Er hatte die magische Pflegestation kennengelernt, zugesehen, wie ich mich dank meiner Pooka-Kräfte in Tiere verwandelt hatte, und mit mir zusammen übernatürliche Gefangene aus einem Labor befreit. All das hatte er gut verkraftet, aber jetzt wirkte Noah so entsetzt wie noch nie.

„Das darf doch nicht wahr sein", ächzte er und starrte seine neuen Schulsachen an, als wären es Dracheneier.

„Ich soll dieses ganze Zeug alleine lernen und die erste Prüfung ist schon nächste Woche? Für wen halten die mich eigentlich?!“

„So läuft das eben im Fernunterricht“, sagte ich schulterzuckend, aber Noah schien ernsthaft erschüttert zu sein. Er ließ seinen Kopf auf den Esstisch sinken und verfehlte dabei nur knapp einen Teller mit einem Stück Apfeltorte, das vom Nachmittagstee übrig geblieben war.

„… binam'rsch“, hörte ich ihn undeutlich murmeln.

Ich verkniff mir ein Kichern. „Was hast du gesagt?“

Noah setzte sich wieder gerade hin. „Nichts. Alles cool. Ich hab das im Griff.“ Angewidert beäugte er die Liste mit den Unterrichtsthemen, die in sechs Tagen geprüft werden sollten. Als ich die Punkte ebenfalls überflog, kamen mir nur wenige bekannt vor – immerhin war Noah ein Jahr älter als ich. Im Gegensatz zu ihm war ich aber an selbstständiges Lernen gewöhnt. Seit zwei Jahren wurde ich von meiner Großmutter unterrichtet und Nana blieb als Tierärztin nicht genug Zeit, um mich ständig anzuleiten oder zu kontrollieren.

„Das Wichtigste ist, sich alles gut einzuteilen“, sagte ich und hoffte, dass ich nicht zu lehrermäßig klang. In Wirklichkeit konnte ich mich selbst nur wenig für Schulaufgaben begeistern, schon gar nicht für Mathe. Aber wenn ich mal Nanas Praxis übernehmen wollte, führte kein Weg daran vorbei. „Außerdem müssen wir so tun, als würden wir in einem Klassenzimmer sitzen", fuhr ich fort, „und dürfen uns nicht ständig von irgendwas ablenken –"

Ein Scheppern unterbrach mich. Es hörte sich an, als hätte jemand die Klinke der Haustür heruntergedrückt und sie dann gleich wieder schwungvoll losgelassen. Ich ahnte, was das zu bedeuten hatte: Offenbar versuchte eine sehr, *sehr* kleine Person, die Tür zu öffnen, indem sie bis zur Klinke hochsprang und sich daran festklammerte. Beim dritten Mal war diese Methode offensichtlich erfolgreich. Knarrend schwang die Tür auf und ein Trippeln näherte sich. Dann hatte unser Überraschungsgast die Wohnstube erreicht.

„Fitz!", rief ich aus. „Was machst du denn hier?"

Der Kobold war noch zu sehr außer Atem, um zu antworten. Keuchend stützte er sich auf seine Knie und ich stellte fest, dass er einen reichlich mitgenommenen Eindruck machte. Normalerweise trugen Kobolde grüne Hüte, auf die sie sehr stolz waren, aber Fitz schien seinen verloren zu haben. Außerdem wirkte sein Bart sogar noch struppiger als sonst.

„Hast du dich wieder erkältet?“, fragte ich beunruhigt. „Soll ich Nana aus der Praxis holen, damit sie dich untersucht?“

Fitz schüttelte heftig den Kopf. Er schnappte noch einmal nach Luft, dann brüllte er aus voller Kehle: „SCHLÄGEREI!“

Noah ließ seinen Kuli fallen. „Was?“

„Da prügeln sich welche!“, sprudelte Fitz hervor. „Hauen sich die Hucke voll, pürieren sich die Rüben doll! Kloppen sich zu Matschemus, putzen Zähne mit dem Fuß …“

„Das haben wir schon kapiert, aber wo?“, fragte ich ungeduldig.

„Im Gasthaus von der pingeligen Menschenfrau!“, krakeelte der Kobold und mein Magen zog sich vor Schreck zusammen. Das *Graham's Inn* war nicht nur Restaurant,

Hotel und Postamt in einem, sondern auch der sauberste Ort auf der ganzen Insel. Kein Gast würde es wagen, dort Chaos zu veranstalten – bis auf den alten Fergus. Aber der warf höchstens mit zusammengeknüllten Servietten und er war auch viel zu dürr, um irgendjemandem gefährlich zu werden. Trotzdem glaubte ich Fitz sofort, denn Kobolde schwindelten fast nie. Sie waren sogar etwas *zu* ehrlich, oder anders ausgedrückt: Die kleinen Kerle benahmen sich meistens rotzfrech.

„Was gammelt ihr denn noch hier herum wie zwei faule Kartoffeln?“, quäkte Fitz nun auf allerbeste Kobold-Art. „Schwingt die Hufe, Menschenkerl und Pookamädel!“

Sofort liefen wir zur Tür und Schmuggel folgte uns nach draußen. Normalerweise konnte man den Wolfshund nur schwer von seinem Lieblingsplatz vor dem Kamin weglocken, doch in brenzligen Situationen blieb er immer an unserer Seite. Er wehrte sich nicht einmal, als Fitz auf seinen Rücken sprang. Gemeinsam rannten wir über den Hof zu dem Nebengebäude, in dem sich die Tierarztpraxis befand. Momentan wurde Nana dort von ihrer ehemaligen Studienkollegin Winnifred Appleton unterstützt, weil sie vor Kurzem eine Herz-OP gehabt hatte. Auch Noah und ich versuchten, ihr so viel Arbeit wie möglich abzunehmen – aber eine Schlägerei im Gasthaus klang nach einem Notfall, bei dem wir ihre Hilfe gebrauchen konnten. Niemand schaffte es besser als meine Nana, die kauzigen Inselbewohner zu beruhigen. Genau das stellte sie auch gerade unter Beweis, als wir in die Praxis kamen.

„Nein, es bedeutet *nicht,* dass dein Schafbock dich nicht leiden kann“, sagte sie freundlich zu Bauer Orin, der mit hängenden Mundwinkeln vor ihr stand. „Er büxt nur ständig aus, weil ihm langweilig ist. Du solltest einfach einen besseren Riegel am Weidentor anbringen und dafür sorgen, dass Johnny ausreichend Beschäftigung hat.“

„Aber ich lese ihm ja schon täglich aus der Zeitung vor …“, begann Orin, da trat Winnie aus dem kleinen Labor hinter dem Behandlungszimmer und entdeckte uns an der Tür.

„Ist alles in Ordnung?“, fragte sie mit ihrer zarten Stimme und dem typischen schüchternen Lächeln.

Spontan beschloss ich, es genau wie Fitz zu machen. „Schlägerei!“, japste ich. „Im *Graham's Inn*!“

„Wie bitte? Wir sind doch hier nicht im Wilden Westen“, sagte Nana kopfschüttelnd, aber sie griff sofort nach ihrer Arzttasche. Auch Orin und Winnie schienen der Sache auf den Grund gehen zu wollen. Alle zusammen machten wir uns auf den Weg zum Inselzentrum – doch am Hoftor hielt ich einen Moment lang inne. Unschlüssig schaute ich mich um, auf der Suche nach tiefschwarzem Fell.

Noah, der meine Gedanken erraten hatte, zog mich am Jackenärmel. „Wir können deinen Dad ruhig alleine lassen, er ist immerhin erwachsen“, sagte er ein bisschen spöttisch.

Ich biss mir auf die Unterlippe, dann setzte ich mich wieder in Bewegung. Noah hatte recht: Wahrscheinlich würde es André gar nicht auffallen, dass wir fort waren. Und wenn doch, dann wäre es ihm bestimmt egal. Mein Vater und ich hatten uns dreizehn Jahre lang nicht gesehen, wir waren also wie Fremde füreinander. Da half es auch nicht gerade, dass er derzeit in der Gestalt eines Hundes feststeckte. Bei unserem ersten und einzigen Ge-

spräch hatte er nämlich versucht, mich von meinen Wandlerfähigkeiten zu „befreien“, weil er sie als eine Art Krankheit empfand. Er hatte es immer gehasst, ein Pooka zu sein, und war jahrelang auf der Suche nach einem Heilmittel gewesen. Im Eifer des Gefechts hatte er allerdings nicht mich mit seinem neu entwickelten Mittel geimpft, sondern sich selbst – gerade, als er unabsichtlich die Gestalt gewechselt hatte. Niemand wusste, wie lange seine Magie nun betäubt sein würde und wann er wieder zu einem Menschen werden konnte. Inzwischen hätte ich zwar die Möglichkeit gehabt, mich zu verwandeln und in der Tiersprache mit André zu reden, aber das traute ich mich nicht. Vielleicht fand mein Vater es ja immer noch unerträglich, dass ich genau wie er ein Pooka war.

Ein heftiger Windstoß riss mich aus meinen Gedanken und ich lief ein bisschen schneller, um die anderen einzuholen. Hinter der nächsten Wegbiegung konnte man bereits das Inselzentrum erkennen, das aus einer Kirche, Kathleens Bäckerei, dem alten Schulgebäude und dem *Graham's Inn* bestand. Beim Anblick des Gasthauses stieg ein flaues Gefühl in mir hoch. Ich hatte noch nie eine echte Schlägerei gesehen! Unwillkürlich stellte ich mir lauter riesige, grobschlächtige Kerle vor, die sich gegenseitig mit Stühlen bewarfen. Dabei war der kräftigste Mann auf Patch Island vermutlich Kathleens Ehemann Cormack und der konnte keiner Fliege was zuleide tun. Trotzdem hielt ich nervös den Atem an, als Nana die Tür öffnete – und dann starrten wir alle verblüfft in die Gaststube. Dort rauften tatsächlich einige Kerle miteinander, und ja, sie benahmen sich genauso wild wie Banditen aus einem Cowboyfilm. Aber keiner von ihnen war größer als eine Limonadenflasche.

2. KAPITEL

Kratzbärte und Feuerköpfe

Noah begann zu lachen. „Ein Koboldkampf? Ist das dein Ernst, Fitz?“ Er lehnte sich an den Türrahmen und schüttelte den Kopf. „Willst du uns das nächste Mal auch zu Hilfe holen, wenn sich ein paar Katzen um einen alten Fisch balgen?“

„Selber alter Fisch“, krächzte Fitz empört und gestikulierte in Richtung der winzigen Männlein, die einander grölend über Tische und Stühle jagten. „Das hier ist eine gefährliche Schlacht zwischen zwei gegnerischen Clans!

Kratzbärte und Feuerköpfe sind die allerschlimmsten Feinde, und wenn wir aufeinandertreffen, fließt Blut!"

„Oder Ketchup", brummte Bauer Orin und deutete zum Tresen. Dort hatten sich ein paar Kobolde die roten Flaschen geschnappt und spritzten einander von oben bis unten voll. Jetzt entdeckte ich Brenda Graham, die hinter dem Tresen in Deckung gegangen war. Nur hin und wieder lugte sie hervor und zeterte irgendetwas, das ich bei dem ganzen Trubel nicht verstand.

„O Gott, die Arme!" Winnie rannte los und wäre beinahe von einer fliegenden Suppenkelle getroffen worden. Bauer Orin konnte sie gerade noch zur Seite ziehen. Gemeinsam liefen sie weiter zum Tresen, um der aufgelösten Brenda beizustehen. Nana hatte inzwischen einen vorbeischlitternden Topf mit dem Fuß gestoppt und hob ihn hoch.

„Noah, hol mir mal die Suppenkelle", kommandierte sie, während sie auf den nächsten Stuhl und von dort auf einen Tisch kletterte. Ohne zu zögern, stürzte Noah sich ins Getümmel, während ich Schmuggel vor der Tür festband.

„Zu welcher Gruppe gehörst du?", fragte ich Fitz, der den Kampf mit geballten Fäustchen beobachtete.

„Zu den Kratzbärten natürlich!“ Fitz sprang von Schmuggels Rücken auf meinen Arm und reckte das Kinn in die Höhe. „Wir kommen schon seit Ewigkeiten aus der Feenwelt hierher und normalerweise gehen uns die garstigen Feuerköpfe aus dem Weg. Patch Island ist eindeutig unser Revier!“

„Kratzbart-Blödsinn!“ Zwei zottelhaarige Kobolde, die ganz in der Nähe ein Katapult aus Löffeln und einem Salzfässchen bauten, hatten Fitz gehört. „Die Insel passt perfekt zu uns und zu euch passt eher ein Misthaufen – ein Misthaufen mit Würmern und Schimmel obendrauf!“

„Redet ihr gerade von eurem Lieblingsessen?“, höhnte Fitz.

„Warte nur, du Witzfigur!“ Einer der Feuerkopf-Kobolde nahm Anlauf und sprang auf das Ende des Katapults. Das Salzfässchen wurde in unsere Richtung geschleudert, flog aber zum Glück an Fitz vorbei. Klirrend traf es auf einen Spiegel, der neben der Eingangstür hing, und schlug ein faustgroßes Loch hinein. Mit einem Aufschrei kam Brenda hinter dem Tresen hervor und stürmte in unsere Richtung, um den Schaden aus der Nähe zu begutachten. Nana hämmerte inzwischen mit der Suppenkelle gegen den Kochtopf in ihrer Hand. „Aufhören!“, brüllte sie und schaffte es tatsächlich, den Lärm zu übertönen. „Wer nicht sofort stillsteht, bekommt lebenslanges Bonbon-Verbot!“

Von einer Sekunde auf die andere schienen sämtliche Kratzbärte zu erstarren. Die Feuerköpfe, die sich auf Patch Island ja noch nicht auskannten, blickten sich irritiert um. „Was für Bonbons denn?“, fragte einer und knuffte seinen Nebenmann noch einmal in die Seite.

„Eine Spezialität meiner Freundin Kathleen O'Sullivan“, erklärte Nana. „Aber wenn ihr euch nicht zusammenreißt, wird sie sämtlichen Kobolden ab jetzt Gemüse anstelle von Bonbons in die Tütchen stecken!“

„Waaaas? Gemeines Gemüse statt zartes Zuckerzeug?“, ächzte einer der Kobolde und ein anderer rief: „Hand aufs Herz, ist das ein Scherz?!“

„Nein, mein voller Ernst. Es gibt dann nur noch Karottenstücke“, verkündete Nana mit Grabesstimme. „Und Rosenkohl.“

Die Kobolde stöhnten auf. Rosenkohl schienen sie alle zu fürchten, egal ob Kratzbart oder Feuerkopf. Einer von ihnen schraubte sogar eine Ketchupflasche auf und versuchte, die rote Soße aus seinem Bart zurück durch die Öffnung zu quetschen.

„Na also.“ Meine Großmutter kletterte vom Tisch und öffnete ihre Arzttasche. „Alle mit Beulen und blutigen Schrammen kommen jetzt bitte hier rüber, die anderen helfen beim Aufräumen. Wehe, wenn jemand auch nur an weiteren Schabernack *denkt*!“

Die kleinen Raufbolde nickten artig, wirkten aber ziemlich verkrampft. Nicht an Schabernack zu denken, war für Kobolde definitiv eine Herausforderung.

„Ist wirklich alles in Ordnung?“, erkundigte sich Bauer Orin bei Winnie, die gerade zur Erste-Hilfe-Station kam.

„Aber ja“, sagte sie schüchtern. „Sie haben mir das Leb… also, jedenfalls die Lesebrille gerettet.“ Sie deutete auf die Brille, die an einem Kettchen um ihren Hals hing, und wurde dabei ein wenig rot. Bauer Orin räusperte sich, doch ehe er antworten konnte, schob Brenda Graham sich zwischen den beiden durch. Ihre Augen blitzten und sie schnaufte vor Wut wie eine Dampflok.

„Mit Aufräumen ist es nicht getan!“, rief sie. „Wer ersetzt mir das kaputte Geschirr? Und dieser Spiegel gehörte meiner Großmutter! So ein schönes altes Stück bekomme ich nie wieder!“

„Ich hab in der Feenwelt auch einen Spiegel. Den

kannst du haben, Menschenfrau. Ungefähr sooo riesig!“, sagte ein Kobold und zeigte mit seinen Armen die Größe einer Untertasse.

Brenda sah nicht so aus, als wüsste sie dieses Angebot zu schätzen. Während Nana und Winnie mehrere kleine Kampfwunden versorgten und wir anderen mit dem Aufräumen begannen, schimpfte sie ununterbrochen vor sich hin. „Ich hab’s satt, dass sich die Fabelwesen nicht benehmen können“, sagte sie und fischte mit anklagender Miene zwei Stiefelchen aus einem halbvollen Bierkrug. „Es geht ja nicht nur um die Kobolde. Die Feen wollen ständig rauschende Feste feiern und dann alle hier übernachten. Wenn ich sage, dass es nur zwei Zimmer gibt und eines davon belegt ist, werden sie sauer. Letztens haben sie meine Tomaten pechschwarz gezaubert – versucht mal, mit so was ein appetitliches Sandwich zu machen! Und von dem grauen, affenartigen Wesen, das sich hier herumtreibt, will ich gar nicht erst reden.“ Angewidert verzog sie das Gesicht beim Gedanken an den Ghul, den wir aus dem Labor meines Vaters befreit hatten. Eigentlich war der durch Andrés Experimente immer noch niedlicher und harmloser als andere Ghule. Er versuchte

nicht, irgendwem die Finger abzuknabbern, sondern stöberte lieber im Müll nach fauligen Essensresten. Alles in allem hätte es also deutlich schlimmer sein können, doch ich ahnte, dass dieser Hinweis Brenda kaum beschwichtigen würde.

Winnie legte ihre Hand sanft auf Brendas Arm. „Mein Zimmer wird ja bald frei“, sagte sie. „Ich fahre am Montag heim nach Merrymill, dann hast du hoffentlich etwas weniger Ärger.“

„Oh, Sie reisen wieder ab? Wie schade. Meine Schafe mochten Sie viel lieber als Ihre garstige ehemalige Kollegin“, sagte Bauer Orin. Anscheinend war ihm entfallen, dass er eine Weile für Nanas erste Vertretungstierärztin, Mrs Silverton, geschwärmt hatte. Überhaupt wirkte er ungewöhnlich gesprächig, während ich selbst kein Wort mehr herausbrachte. Dass Winnie bereits nächste Woche abreisen wollte, hatte ich ja ganz vergessen! Ich konnte nur hoffen, dass Mam und Flynn bald nach Patch Island zurückkommen würden – nicht nur, weil ich die beiden vermisste, sondern weil Nana noch immer Unterstützung gebrauchen konnte.

Es dämmerte bereits, als sämtliche Raufbolde verarztet waren und wir das Chaos in der Gaststube einigermaßen beseitigt hatten. Danach stand unser üblicher Rundgang durch die magische Pflegestation auf dem Programm. Viele Verbandswechsel, Pillenvergaben und Streicheleinheiten später konnten wir uns endlich auf den Heimweg machen. Zu Hause angekommen, ging Nana noch einmal in die Praxis, um alles für den nächsten Tag vorzubereiten.

Noah ließ sich wieder vor seine Schulsachen plumpsen, aber ich setzte mich nicht zu ihm. Stattdessen griff ich nach dem Hörer unseres altmodischen Telefons und wählte Flynns Nummer, die ich vor zwei Tagen auf einem Klebezettel notiert hatte. Mein Halbbruder und Mam hatten lange Zeit mit ein paar anderen Pookas im Verborgenen gelebt, fast vollständig abgeschnitten von der restlichen Welt. Doch seit wir herausgefunden hatten, dass wir unsere Wandlerfähigkeiten mit einem besonderen Tee unter Kontrolle halten konnten, wagten sie sich langsam aus ihrem Versteck hervor. Flynn besaß nun auch zum allerersten Mal in seinem Leben ein eigenes Handy.

„Hey, Zwerg“, begrüßte er mich und ich konnte das Lächeln in seiner Stimme hören. Er redete zum Spaß gerne wie ein fieser großer Halbbruder, obwohl er nicht mal ein Jahr älter war als ich.

„Hast du meinen Namen vergessen?“, gab ich zurück.
„Kein Wunder, ich warte schließlich schon ewig auf Mam und dich!“

Flynn stieß einen Seufzer aus. „Ja, tut mir leid“, sagte er zerknirscht, „eigentlich wollten wir längst wieder auf Patch Island sein. Aber wir wussten nicht, wie schrecklich kompliziert es ist, ein normales Leben anzufangen! Die meisten von uns haben keine Ausweise, keine ordentlichen Klamotten und Grandpa will, dass wir uns alle mal beim Arzt durchchecken lassen, weil wir das bisher nie getan haben … Es wird also noch eine Weile dauern, bis wir fertig sind."

Ich schluckte und versuchte, mir meine Enttäuschung nicht anmerken zu lassen. „Verstehe. Dann grüß bitte Mam von mir und sag ihr, dass ich mich sehr auf sie freue."

„Und auf mich nicht?", fragte Flynn mit gespielter Entrüstung.

„Doch, du Blödmann."

„Bis bald, Wichtelbaby."

„Bis bald!" Ich legte den Hörer auf die Gabel und drehte mich um. Als ich meine Großmutter an der Stubentür sah, zuckte ich wie ertappt zusammen.

„Was ist denn, Süße? Du machst ein Gesicht, als hätte dir ein Ghul in den Tee gespuckt!", sagte Nana. Sie lächelte, wirkte aber auch ziemlich erschöpft.

„Es ist alles okay. Nur …" Ich zögerte, dann gab ich mir einen Ruck. „Mam und Flynn werden uns noch nicht so bald auf den Pflegestationen helfen können. Es wäre doch gut, wenn Winnie deine Assistentin bleibt, bis sie kommen, oder? Wollen wir sie bitten, ihre Abreise zu verschieben?"

Zu meiner Überraschung wurde Nana augenblicklich

ernst. „Ruby, nein. Versprich mir, sie auf keinen Fall dazu zu drängen.“

„Aber warum denn nicht?“, protestierte ich. „Sie würde bestimmt Ja sagen!“

„Ganz genau. Und zwar, weil sie ihr halbes Leben lang von Mildred Silverton ausgenutzt wurde“, sagte Nana fest. „Natürlich wäre es schön, wenn sie ihren Aufenthalt verlängern würde, aber diese Entscheidung muss ganz allein von ihr kommen. Zur Not schaffen wir es auch ohne ihre Hilfe, mein Schatz. Und jetzt möchte ich gerne ein Bad nehmen.“

Sie wartete, bis ich widerwillig genickt hatte, dann ging sie aus der Stube. Unbehaglich lauschte ich ihren langsamen Schritten, da klatschte es plötzlich hinter mir.

Noah hatte sein Mathebuch auf den Esstisch fallen lassen und hielt beide Hände wie die Schalen einer Waage in die Luft. „Die Wahl liegt bei dir, Ruby“, sagte er feierlich. „Machen wir jetzt unsere Schulaufgaben – oder schmieden wir einen Plan?“

3. KAPITEL

Romantische Runkelrüben

Du hast Nana doch gehört", sagte ich missmutig und setzte mich zu Noah an den Esstisch. „Wir dürfen Winnie auf keinen Fall überreden."

Noah grinste mit Unschuldsmiene. „Das tun wir auch nicht. Aber wir bringen sie dazu, dass sie von sich aus hierbleiben will!"

Verständnislos schaute ich ihn an. „Möchtest du sie hypnotisieren?"

„Viel besser! Wir verkuppeln sie mit Bauer Orin. Oder

hast du etwa nicht gemerkt, wie die beiden miteinander geflirtet haben?“

Vor Verblüffung blieb mir einen Moment lang der Mund offen stehen. „*Das* soll ein Flirt gewesen sein?! Ich wette, in keiner Liebesgeschichte der Welt geht es um Schafe und Suppenkellen!“

„Okay, sie waren sehr zurückhaltend“, räumte Noah ein. „Aber es hat gefunkt zwischen den beiden, da bin ich mir ganz sicher. Man müsste ihnen nur einen kleinen Schubs geben. Zum Beispiel, indem man einen perfekten gemeinsamen Abend für sie organisiert!“

„Und wie würde so ein Abend deiner Meinung nach aussehen?“, wollte ich wissen.

Nachdenklich stützte Noah seinen Kopf in die Hand. „Puh, keine Ahnung. Ich zum Beispiel fände einen Star-Wars-Marathon mit Pizza toll.“

„Raumschiffe und Käsefäden? Da verliebt man sich natürlich in Lichtgeschwindigkeit!“

Noah schnippte einen Radiergummi in meine Richtung. „Was stellst *du* dir denn unter einem perfekten Abend vor, wenn ich fragen darf?“

„Na ja, ich fände es schön, auf einer Decke unterm Sternenhimmel zu sitzen“, antwortete ich. „Dazu vielleicht eine Thermoskanne mit Kakao und Marshmallows …“ Ich brach ab und spürte, wie meine Wangen unter Noahs Blick heiß wurden.

„Sieh mal einer an. Picknickdecken sind also cooler als Raumschiffe, ja?“, zog er mich auf.

„Ist doch auch egal“, sagte ich schnell. „Jedenfalls wäre keins von beidem das Richtige für Orin und Winnie. Erwachsene mögen lieber ein schickes Essen bei Kerzenschein und Musik, glaube ich.“

„Gute Idee!“ Noah richtete sich auf, als wollte er am liebsten gleich in die Küche rennen und ein Drei-Gänge-Menü zaubern. „So hat mein Dad auch immer meine Mom besänftigt, wenn er mal wieder zu lange auf Reisen war. Sollen wir das gleich morgen hier veranstalten?“

Ich schüttelte den Kopf. „Lieber im *Graham's Inn*, damit Nana nichts davon mitbekommt. Du erzählst Winnie einfach, dort wäre ein kleines Abschiedsfest für sie geplant.“

„Und was machst du?“

„Ich sorge dafür, dass Bauer Orin nicht in seiner ollen Latzhose erscheint“, erwiderte ich. „Du erinnerst dich vielleicht an einen ganz bestimmten schwarzen Herrenpullover …?“

Noah begann zu lachen. Dabei funkelten seine Augen wie das Meer und ich spürte, dass mir ein bisschen leichter ums Herz wurde. Nicht nur, weil Noahs gute Laune so ansteckend war – ich dachte auch gerne daran zurück, was ich mit dem schwarzen Pullover alles erlebt hatte. In diesem Riesenteil war ich zu meinem ersten richtigen Treffen mit Noah gegangen und ein andermal hatte ich mich damit getarnt, um nachts zum verzauberten Kutter meines Vaters zu fahren. Obwohl beide Erlebnisse nicht nur angenehm gewesen waren, hatten sie doch einen guten Ausgang genommen. Hoffentlich würde sich der Pullover auch in Sachen Liebe als Glücksbringer erweisen!

Am folgenden Abend musste ich allerdings feststellen, dass es schon schwer genug war, Orin zum Mitkommen zu bewegen. „Kapier ich nich'", brummelte er, als ich mit dem frisch gewaschenen Pullover und einem extrabreiten Lächeln vor ihm stand. „Warum soll ich mich fürs *Graham's Inn* schick machen? Und was ist das für 'ne komische Party, von der niemand weiß?"

„Wir haben vergessen, die Einladungen rechtzeitig zu

verteilen“, behauptete ich. „Und jetzt hat fast niemand Zeit! Aber Winnie hat eine kleine Abschiedsfeier verdient, meinst du nicht auch?“

Das schien Orin zu überzeugen. „Na schön, aber ich wechsle jetzt nicht extra meine ganzen Klamotten“, sagte er und zog den Pullover einfach über seine Latzhose. Seufzend entschied ich, dass das reichen musste, und begleitete ihn zum Inselzentrum. Als wir das Gasthaus betraten, war ich sogar froh, dass Orin sich nicht schicker gemacht hatte. Winnie, die alleine an einem Tisch saß, trug nämlich eine graue Strickweste und sah reichlich verwirrt aus. Nur Brenda Graham schien die Sache Spaß zu machen. Noah hatte sie in unseren Plan eingeweiht und als begeisterte Leserin kitschiger Liebesromane war sie Feuer und Flamme. Leider schoss sie aber ein klein wenig über das Ziel hinaus.

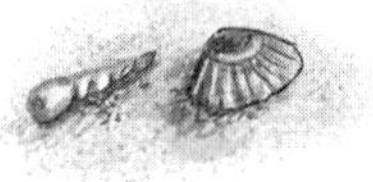

„Herzlich willkommen, die Dame und der Herr“, säuselte sie, als würde sie Orin nicht schon ihr Leben lang kennen, und zündete auf dem Tisch drei dunkelrote Kerzen an. „Heute Abend gibt es bei mir Erlesenes vom Rind mit ausgebackenen Kartoffelstäbchen oder allerlei zarte Schätze vom Feld.“

„Häh?", machte Bauer Orin und ließ sich Winnie gegenüber auf einen Stuhl fallen.

„Hackbraten mit Pommes oder Gemüseeintopf", übersetzte Noah grinsend. Im Gegensatz zu ihm fand ich das Ganze überhaupt nicht komisch. Verflixt, Orin und Winnie sahen so aus, als wären sie auf einer Beerdigung anstatt bei einem romantischen Date! Am liebsten hätte ich mich zu ihnen an den fein gedeckten Tisch gesetzt, um die Stimmung ein bisschen aufzulockern. Noah drängte mich allerdings zur Tür, während er Orin und Winnie über die Schulter hinweg zurief: „Wir, äh, müssen jetzt leider Rubys Grandma auf der magischen Pflegestation helfen. Aber ihr zwei genießt hoffentlich den Abend!"

„Du glaubst doch nicht wirklich, dass sie das tun werden", jammerte ich, als er mich auf die Straße bugsiert hatte. „Ich hab da ein ganz mieses Gefühl!"

„Vielleicht brauchen sie nur ein bisschen Zeit, um locker zu werden", meinte Noah schulterzuckend. „Das erfahren wir wohl erst morgen. Deine Nana wird sich schon fragen, wo wir stecken. Und wir sind nun mal keine Mäuschen, die unterm Tisch lauschen könnten …"

Ich hob die Augenbrauen. „Interessante Idee", erwiderte ich bedeutungsvoll.

Als Noah begriff, worauf ich hinauswollte, gab er ein Stöhnen von sich. „Ruby, nein! *Das* wollte ich damit nicht vorschlagen!“

„Komm schon, du bist doch sicher genauso neugierig wie ich!“

„Na schön, ich werd die Tür einen Spalt offen halten“, sagte Noah widerwillig. „Aber mach schnell, ja? Und halt dich bloß von Brenda fern, die kriegt einen Schreikrampf, wenn sie dich sieht.“

Ohne zu zögern, richtete ich den Blick auf meine Füße. Seit ich wieder regelmäßig Nanas Spezialtee trank, konnte ich mich auch ohne Meerwasser verwandeln, aber ich brauchte meine ganze Konzentration. Ein paarmal atmete ich ruhig ein und aus, dann hatte ich plötzlich das Gefühl, in die Tiefe zu stürzen. Als mein Gesicht nur noch wenige Zentimeter vom Boden entfernt war, hatten sich meine Hände und Füße bereits in winzige Pfötchen verwandelt. Teilweise waren sie nackt, teilweise mit schwarzem Fell bedeckt. Und meine Güte, was hatte ich für niedliche Zehen!

Eine Weile blieb ich staunend auf dem Boden hocken, während das typische Kribbeln und Brennen in meinem Inneren abflaute. Obwohl ich mich nun schon so oft verwandelt hatte, fühlte es sich jedes Mal wie ein Wunder an. Außerdem war ich noch nie zuvor eine Maus gewesen. Witternd hob ich mein Schnäuzchen und fühlte, wie ein Luftzug durch meine langen Schnurrhaare strich. Gleichzeitig lieferte mir mein Geruchssinn massenhaft Informationen. Ich wusste, dass vor einer Weile ein frecher Mäuserich hier vorbeigelaufen war und eine Duftmarke auf den Boden gesetzt hatte. Ich erschnupperte das Putzmittel, mit dem Brenda immer die Türklinke des Gasthauses polierte. Mir fiel sogar auf, dass der Boden unter mir noch ein bisschen nach meinen Turnschuhen roch.

Aber dann wurden all diese Düfte schlagartig von einem anderen überdeckt. Hilfe, ein gigantischer Finger bewegte sich geradewegs auf mich zu! Vor Schreck wurde ich vom Kopf bis zur Schwanzspitze so starr, als wäre ich ausgestopft.

„Hey, Ruby“, dröhnte es über mir und der Finger stupste mich vorsichtig in die Seite. „Mäuschen? Ist dir immer noch nach Lauschen zumute oder willst du dich wieder zurückverwandeln?“

Ich blickte zu dem Riesen hoch, der vor mir in die Hocke gegangen war. Für einen Moment hatte mich mein Instinkt noch voll im Griff, dann setzte sich mein menschliches Ich langsam durch. Ich schaffte es sogar, ein klitzekleines bisschen verlegen zu sein – immerhin hatte Noah mich gerade *Mäuschen* genannt. Um mir nichts anmerken zu lassen, drehte ich meine spitze Nase zur Tür des *Graham's Inn* und schnupperte energisch.

Mit einem tiefen Seufzer griff Noah nach der Klinke und öffnete die Tür einen Spaltbreit. Ich sauste über die Schwelle, hinein in ein Meer aus unterschiedlichsten Düften. Auf meine Augen war leider kein Verlass, alles sah für mich schwarz-weiß und irgendwie flach aus. Aber meine Nase führte mich geradewegs an Orins und Winnies Tisch. Die beiden hatten soeben ihr Essen serviert bekommen und mein Mäusemagen krampfte sich beim Geruch nach Gemüse, Käse und Kräutern gierig zusammen. Ich musste mich sehr zusammenreißen, um nicht Männchen zu machen und dabei bettelnd zu fiepen. Stattdessen kauerte ich mich neben ein Tischbein und lauschte auf das Klirren des Bestecks.

Wie lange wollten die beiden sich denn noch still gegenübersitzen und mampfen?! Vor lauter Ungeduld begann ich, mit den Vorderfüßen hektisch meine Schnauze zu putzen. Endlich ertönte über mir ein Grollen, das ich mit etwas Verzögerung als Räuspern erkannte. „Gemüse“, sagte Bauer Orin. „Gut, oder?“

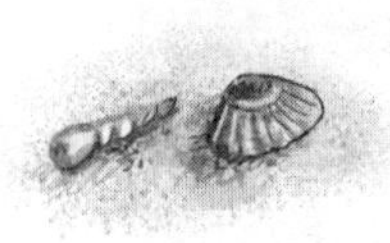

„O ja“, stimmte Winnie zu. „Frische Tomaten sind etwas Feines.“

„Auch Zucchini sind nicht übel“, meinte Orin. „Generell Kürbisse. Bau ich auch gerne an.“

„Und ich esse sie gerne“, gab Winnie ein bisschen piepsig zurück. Nervös scharrte sie unter dem Tisch mit den Füßen. „Außerdem …“

„Aber, Winnie …“, setzte Orin im selben Moment an, weil er offenbar nicht damit gerechnet hatte, dass sie noch etwas sagen würde. Daraufhin schwiegen sie einige Sekunden lang und ich ahnte, dass sie am liebsten im Boden versunken wären. Oje, warum mussten die zwei nur so furchtbar schüchtern sein? Ich schöpfte erst neuen Mut, als Orin sich einen Ruck gab und abermals zu sprechen begann.

„Aber, Winnie“, wiederholte er mit etwas festerer Stimme, „wissen Sie, was ich wirklich ganz besonders mag?“

Ihre Nähe. Die Gespräche mit Ihnen. Ihr zauberhaftes Lächeln …

„Runkelrüben“, sagte Orin.

Ich sackte zusammen. Voller Grauen hörte ich zu, wie Orin fortfuhr: „Natürlich ist das eine Futterpflanze, die werden Sie hier nicht auf einem Teller finden. Aber sie hat so eine schöne Form und riecht so angenehm erdig. Ich verfüttere sie gern an meine Schafe. Die liegen mir sehr am Herzen und verdienen das Allerbeste, nicht wahr?“

„O ja“, sagte Winnie. „Schafe sind toll.“

Da hielt ich es nicht mehr länger aus. Ich flitzte durch den Türspalt, den Noah immer noch für mich offen hielt, und umrundete pfeilschnell das *Graham's Inn*. Hinter ein paar Mülltonnen ging ich in Deckung und nahm wieder meine menschliche Gestalt an. Als ich zurück zum Eingang kam, sagte ich niedergeschlagen: „Ich befürchte, das war totale Zeitverschwendung.“

„Komm schon, Ruby, nicht aufgeben.“ Noah stupste mich leicht mit dem Ellenbogen in die Seite. „Wir denken uns was Besseres aus, okay?“

Ich nickte stumm, aber mein Kopf fühlte sich ganz leer an. Auf dem Weg zum Nordstrand bemühte ich mich vergeblich, einen neuen Plan zu schmieden. Winnie wollte schon in zwei Tagen abreisen, wie sollten wir sie so schnell noch umstimmen?

Als wir den letzten Abhang vor der Bucht hinunterliefen, wurden wir von Schmuggel mit aufgeregtem Gebell empfangen. Nana wartete mit ihm zusammen vor dem Schuppen. In der Dunkelheit konnte ich den Gesichtsausdruck meiner Großmutter nicht erkennen, aber irgendetwas Ungewöhnliches musste geschehen sein. Normalerweise fing sie einfach ohne uns zu arbeiten an, wenn wir uns verspäteten.

„Gut, dass ihr endlich da seid“, sagte sie mit gedämpfter Stimme, als wir sie erreicht hatten. „Ich wollte euch gerne auf etwas vorbereiten, ehe wir hineingehen.“

„Haben die Kobolde schon wieder den Fußboden mit Honig bepinselt?“, riet Noah.

„Oder veranstalten die Meerjungfrauen und Banshees einen Gesangswettbewerb?“, fügte ich hinzu.

Nana schüttelte den Kopf. „Daran seid ihr doch mittlerweile gewöhnt. Aber jetzt finde ich, dass ich euch warnen sollte, ganz besonders Noah. Wir haben nämlich einen sehr … *speziellen* Gast auf der Pflegestation.“

4. KAPITEL

Die Einladung

Ist es ein Gespenst?“, hauchte ich. „Nicht so eines wie Finbar, der Blutbefleckte, sondern ein richtig gruseliges? Oder haben wir wieder einen erkälteten Drachen als Patienten? Dann hol ich gleich mal die Brandsalbe und so viele Hustenbonbons, wie ich tragen –“

„Nein, Ruby“, unterbrach mich Nana. „Es ist der Dullahan.“

Mit offenem Mund starrte ich sie an, während Noah nachhakte: „Der was?“

In Momenten wie diesem wurde mir erst wieder bewusst, dass er nicht in Irland geboren war, sondern aus Amerika stammte und mit ganz anderen Geschichten aufgewachsen war als ich.

„Der sagenumwobene schwarze Reiter", erklärte Nana. „Eigentlich lebt er bei den Feen, doch hin und wieder galoppiert er mit seinem Rappen auch durch die Menschenwelt. Vor allem, wenn er eine Botschaft zu überbringen hat."

„Und?", fragte Noah, die Hand bereits nach der Klinke ausgestreckt. „Ist der Typ gefährlich?"

„Nicht direkt." Als meine Großmutter zögerte, riss Noah der Geduldsfaden. Kurzentschlossen öffnete er die Schuppentür und Nana machte keine Anstalten, ihn zurückzuhalten.

„Dann soll er es eben gleich selbst sehen", meinte sie leise. „Ich glaube sowieso, dass der Dullahan seinetwegen hier ist."

Genau das vermutete ich auch. Mit klopfendem Herzen folgte ich Noah in den finsteren Schuppen, der mindestens zehnmal so groß war, wie er von außen wirkte. Die Feen hatten ihn verzaubert, damit Nana sich hier um kranke und verletzte Fabelwesen kümmern konnte. Feenmagie war sehr gut dazu geeignet, Dinge zu erschaffen, wachsen zu lassen oder zu verändern. Aber wenn es darum ging, Krankheiten zu *beseitigen,* waren sogar die Herrscherinnen und Herrscher der magischen Welt auf Hilfe angewiesen.

„Wo ist er?", raunte Noah, als Nana, Schmuggel und ich ihn eingeholt hatten. Er war im Untersuchungsbereich stehen geblieben und spähte angestrengt in die Dunkelheit.

„Direkt vor der ersten Patienten-Abteilung", gab Nana leise zurück. „Aber mach vielleicht noch nicht das Licht an."

„Wieso? Hat er Angst davor?"

Ich blies die Backen auf. „Pff! Der Dullahan fürchtet sich vor gar nichts."

„Na dann. *Es werde Licht!*“ Kaum hatte Noah die magische Formel ausgesprochen, da wurde die Pflegestation von goldener Helligkeit durchflutet. Wie immer bei unseren abendlichen Besuchen mussten sich unsere Augen erst mal an das Licht gewöhnen. Dann sahen wir den Dullahan auf seinem gewaltigen Pferd vor uns aufragen – und Noah gab ein Geräusch von sich, das wie eine Mischung aus Japsen und Husten klang. Hastig schob ich mich an ihm vorbei und lächelte zu dem Mann in schwarzer Rüstung hoch. Von unserer ersten und einzigen Begegnung vor vielen Jahren wusste ich noch, wie viel Wert er auf eine höfliche Begrüßung legte.

„Guten Abend und herzlich willkommen auf der magischen Pflegestation. Bist du als Patient hier?“

„Ruby“, keuchte Noah. „Wenn das kein Patient ist, fress ich einen Besen samt Staubfusseln!“

Der Dullahan räusperte sich laut. „Mit solchen Versprechen wäre ich lieber vorsichtig, mein Junge“, sagte er streng. „Tatsächlich bin ich als Bote gekommen.“

„Aber … aber …“ Pfeifend rang Noah nach Luft, dann platzte es aus ihm heraus: *„Du trägst deinen Kopf unter dem Arm!“*

„Da hast du ganz recht, doch einen Brief habe ich ebenfalls dabei“, sagte der Dullahan und zeigte mit seiner freien Hand auf die Satteltasche.

„Abgehackter Kopf! Unter deinem Arm!“, wiederholte Noah.

Der Dullahan schnalzte gereizt mit der Zunge. „Ich bitte dich, mein Junge. Wie sollte ich meinen Kopf wohl sonst transportieren, vielleicht in einem Einkaufskorb?“ Ächzend ließ er sich aus dem Sattel gleiten, während Noah ihn immer noch aus riesengroßen Augen anstarrte. Um genau zu sein, lenkte er seinen Blick mehrmals auf und ab. Vermutlich wusste er nicht, wo er hinschauen sollte: nach oben, wo der Körper des Dullahan mit einer eisernen Halskrause endete, oder zu dem Gesicht, das unter seinem Arm hervorspähte.

Obwohl ich selbst ziemlich nervös war, musste ich kichern. „Wir haben versucht, dich vorzuwarnen, aber du warst zu ungeduldig“, wisperte ich Noah zu. „Der Dullahan ist nicht nur als *schwarzer* Reiter, sondern auch als *kopfloser* Reiter berühmt. Er wirft beim Herumgaloppieren gern seinen Kopf in die Luft, damit er weit in die Ferne schauen kann.“

„Wie praktisch", murmelte Noah. „Ich benutze lieber Google Maps."

Nana, die sich bisher im Hintergrund gehalten hatte, machte einen beherzten Schritt auf den Dullahan zu. „Du hast also eine Botschaft aus der Feenwelt für uns?", fragte sie, wobei sie ihm einfach direkt in die Augen sah.

„In der Tat." Die Rüstung des Dullahan quietschte, als er sich nach unten neigte und seinen Kopf auf dem Fußboden ablegte. Dann zog er aus der Satteltasche eine Pergamentrolle, die mit einem goldenen Faden zusammengebunden war. Sie sah genauso aus wie die Prophezeiungen, die wir vor einer Weile von der Fee Florabella bekommen hatten – aber ich ahnte, dass es jetzt um etwas ganz anderes ging.

„Für Noah Cornelius Arons", verkündete der Dullahan und reckte das Pergament nach vorne.

Noah verzog das Gesicht. „Mein zweiter Name ist nicht Cornelius, sondern –"

Gerade rechtzeitig schaffte ich es, ihm auf den Fuß zu stampfen. „Das ist ein Trick, um deinen ganzen Namen herauszufinden", flüsterte ich. „So bekommen die Feen Macht über dich. Dann können sie dich mit einem Bannzauber verwirren, wenn es sein muss!"

Der Dullahan warf mir vom Fußboden her einen vorwurfsvollen Blick zu. Währenddessen griff Noah nach der Rolle und öffnete sie.

„*Geschätzter Menschenjunge*", las er vor, „*uns ist zu Ohren gekommen, dass du auf Patch Island zu bleiben gedenkst und dich dauerhaft an der Pflege magischer Wesen beteiligen möchtest. Die Menschenfrau und das Pookamädchen mussten bereits vor Jahren feierlich schwören, Fabelwesen in Not gut zu behandeln und niemals auszunutzen. Auch du sollst nun diesen Eid ablegen und zu diesem Zwecke laden wir dich heute um Mitternacht in unsere Welt ein. U. A. w. n. g. – Der Hohe Rat der Feen.*" Noah blickte von der Nachricht auf. „Was soll denn diese Abkürzung bedeuten?"

„Um Antwort wird nicht gebeten", übersetzte Nana. „Das heißt, es ist eigentlich keine Einladung, sondern …"

„… ein höflicher Befehl", vollendete der Dullahan den Satz. Abermals kramte er in der Satteltasche und überreichte Noah ein hölzernes Kistchen. „Öffne diese Schatulle erst in der Stunde vor Mitternacht – und keinesfalls später! Die Mächtigsten der Feenwelt warten nicht gern." Mit diesen Worten hob er seinen Kopf vom Boden auf und kippte ihn nach vorne, was wohl eine kleine Verbeugung darstellen sollte. Dann nahm er sein Pferd am Zügel und führte es mit zackigen Schritten hinaus.

Kaum war das Quietschen seiner Rüstung verklungen, schnappte ich mir das Pergament und überflog die paar Zeilen. „Ich hab ja schon damit gerechnet, dass du bald den Eid ablegen musst. Aber warum wurden Nana und ich nicht auch eingeladen?", fragte ich stirnrunzelnd.

„Ist doch egal, ihr kommt einfach trotzdem mit", sagte Noah und steckte die Schatulle in seine Hosentasche. „Nennt mich ruhig feige, aber wenn dort Leute mit abgehackten Körperteilen herumspazieren, hab ich lieber Verstärkung."

„Wir können nicht!", entgegnete ich. „Nur Fabelwesen haben die Fähigkeit, einfach zwischen den Welten hin und her zu wechseln. Menschen brauchen die Erlaubnis einer Fee, um …"

Ich stockte, als Noah vielsagend die Augenbrauen hochzog. „Merkst du jetzt selber, hm?", fragte er. Da erst begriff ich, wie sehr ich auf der Leitung gestanden hatte. Ich war ja selbst ein Fabelwesen, konnte also durch das Tor zur Feenwelt gehen, wann immer ich das wollte!

Nana, die wahrscheinlich dasselbe gedacht hatte, stieß einen Seufzer aus. „Es gefällt mir ganz und gar nicht, dass ich euch nicht begleiten kann, aber wir haben keine Wahl. Die Einladung einer Fee abzulehnen, ist noch viel gefährlicher als der Weg bis zum Hohen Rat."

„Und wisst ihr, was am gefährlichsten ist?", ertönte eine krächzende Stimme aus der ersten Patienten-Abteilung. „'nen ausgewachsenen Kratzbart hungern zu lassen!"

„Jawohl, jawohl, die Bäuche sind hohl!", fielen ein paar andere Kobolde mit ein.

Meine Großmutter schulterte wieder ihren Rucksack, der prall gefüllt mit Medikamenten und Essen war. „Dann legen wir mal los", sagte sie und marschierte hinter die Bretterwand. Noah blieb noch einen Moment lang im Untersuchungsbereich stehen.

„Alles in Ordnung?", fragte ich und musterte ihn prüfend.

„Jep. Ich versuch nur zu begreifen, dass wir heute noch einen Termin im Märchenland haben." Noah rieb sich die Augen, so als wollte er ganz sichergehen, dass er nicht träumte. Als er die Hände sinken ließ, gelang ihm wieder ein schiefes Grinsen. „Ich dachte, Bauer Orin wäre heute der Einzige mit diesem Problem", sagte er, „aber: Was ziehe ich bloß an?"

5. KAPITEL

Ausflug in die Feenwelt

Eine halbe Stunde vor Mitternacht saßen Nana, Noah und ich zusammen am Esstisch. Für einen Außenstehenden hätten wir sicher ein sehr merkwürdiges Bild abgegeben: Meine Großmutter trug bereits ihren karierten Flanellpyjama, aber Noah und ich hatten für den Besuch beim Hohen Rat unsere besten Sachen angezogen. Noah sah in seinem grauen Pullover und der sauberen schwarzen Jeans zwar ein bisschen ungewohnt aus, hing aber genauso lässig auf seinem Stuhl wie sonst.

Allmählich schien ihm die ganze Sache sogar Spaß zu machen. Ich hingegen zupfte unbehaglich an meinem blauen, knielangen Spitzenkleid herum, das ich einmal von Brenda geschenkt bekommen hatte.

„Vielleicht solltest du's dir einfach ans Bein kleben", schlug Noah vor, als ich zum fünften Mal den Saum zurechtrückte.

Ich streckte ihm die Zunge heraus und zupfte erneut.

„Hey." Noah stieß sein Knie leicht gegen meines. „Du siehst gut aus und es wird schon alles klappen. Es sei denn …"

„Es sei denn, was?", fragte ich nervös.

„Es sei denn, ich trinke jetzt noch mehr Tee. Dann werde ich den Eid nur zur Hälfte schwören können, weil ich ganz dringend pinkeln muss." Noah hielt die Hand über seine Tasse, als Nana ihm nachschenken wollte.

Widerstrebend stellte meine Großmutter die Teekanne zurück auf den Tisch. „Du könntest eine Extraportion Schutz vor Magie gut gebrauchen", sagte sie. „Mit den Herrschern der Feenwelt ist wirklich nicht zu spaßen. Vor allem, weil sie gegenüber Menschen so misstrauisch sind. Als ich damals den Eid schwören musste, haben sie mir

Fesseln aus Efeuranken angezaubert, damit ich ihnen nicht gefährlich werde!“

„Sie legen auch sehr viel Wert auf gute Manieren“, ergänzte ich.

„Umso wichtiger, dass ich mit ihnen nicht übers Pinkeln reden muss.“ Noah schob seinen Stuhl zurück, aber ich war noch nicht fertig. „Warte, es ist komplizierter, als du denkst“, beharrte ich und wechselte einen schnellen Blick mit Nana. „Iss oder trink nichts in der Feenwelt, sonst kannst du sie vielleicht nie wieder verlassen. Und auf gar keinen Fall solltest du mit den Feen tanzen, sonst verlierst du jedes Zeitgefühl und *willst* gar nicht mehr in unsere Welt zurück! Außerdem darfst du in Gegenwart einer Fee niemals unhöflich zu Pflanzen oder Tieren sein.“

„Ich werde mich vor jedem Baum verneigen“, sagte Noah ernsthaft.

„Mach keine Witze“, fuhr ich mit meiner Aufzählung fort, „aber lach über ihre. Versuch auch nicht, sie anzuschwindeln, das durchschauen sie sofort. Und versprich ihnen nichts, was du nicht halten kannst! Einen Feenschwur zu brechen, wäre …“ Ich verstummte.

„… echt bescheuert?“, fragte Noah.

„Ja, so könnte man es nennen“, erwiderte ich angespannt. „Übrigens fassen es manche von ihnen schon als Versprechen auf, wenn du einfach nur Danke sagst. Für sie bedeutet das, du stehst in ihrer Schuld. Generell solltest du sehr vorsichtig sein, irgendwas von ihnen anzunehmen."

„Moment mal – als Florabella uns diese Prophezeiungen gegeben hat, meintest du doch, man dürfte Geschenke von Feen nicht ablehnen!", protestierte Noah.

„Ja, weil es *Dankes*geschenke waren. Wenn du so etwas zurückweist, kannst du eine Fee stinksauer machen!"

Noah verdrehte die Augen. „Klingt, als wären das echt gechillte Leute, mit denen man super abhängen kann."

„Sie haben einen kopflosen schwarzen Ritter als Briefträger", erinnerte ich ihn. „Das zeigt dir doch schon, wie *gechillt* die Herrscher der Feenwelt sind!"

„Auch wieder wahr. Aber keine Sorge, wenn's drauf ankommt, kann ich mich schon benehmen." Noah holte die Schatulle hervor, die er vom Dullahan bekommen hatte, und stellte sie auf den Tisch. „Sehen wir mal nach, was da drin ist", sagte er und klappte den Deckel auf.

Was in der nächsten Sekunde aus der Schatulle hervorschoss, erinnerte mich zuerst an eine Feuerwerksrakete.

Allerdings explodierte der helle Ball nicht in einem Funkenregen, sondern sauste wild umher, bis er eines der Stubenfenster gefunden hatte. Dort flog er ein paarmal energisch gegen die Scheibe.

„Ein Irrlicht!“, rief Nana. „Wahrscheinlich soll es Noah den Weg zeigen!“

„Versuchen Irrlichter nicht normalerweise, Menschen in die Irre zu führen?“, fragte ich verdutzt.

„Schon, aber dieses hier wurde bestimmt im Feenpalast gefangen und will jetzt schnellstmöglich dorthin zurück.“ Nana trat ans Fenster, um sich das kleine, kugelrunde Wesen genauer anzusehen. Noah und ich folgten ihr.

Aus der Nähe betrachtet, ähnelte das Irrlicht einer Bommel mit Glupschaugen, nur dass es eben aus Lichtstrahlen statt aus Wolle bestand.

„Geht es dir gut?“, fragte Nana und beugte sich vor. „Kann ich dir irgendwie helfen?“

„Krrri!“, machte das Irrlicht, was gleichzeitig niedlich und entrüstet klang. Wieder begann es, gegen die Scheibe zu fliegen, und bei jedem Zusammenstoß puffte es leise.

„Wir müssen es rauslassen, bevor es sich verletzt“, sagte Nana. „Ihr zwei wartet am besten auf der anderen Seite des Fensters, damit ihr ihm gleich folgen könnt. Oder erinnerst du dich noch genau an den Weg zum Feenpalast, Süße?"

Ich schüttelte den Kopf. Bei meinem letzten Besuch in der Feenwelt war ich gerade mal sechs Jahre alt gewesen. Da hatte ich mich nur ängstlich an Nanas Hand geklammert und gar nicht daran gedacht, mir die Richtung einzuprägen.

„Also, dann lassen wir den kleinen Kerl mal frei." Nana bemühte sich um ein Lächeln, aber man sah ihr an, wie nervös sie war. Ich glaubte, ihren Blick im Nacken spüren zu können, während ich mit Noah aus der Stube lief. Hastig schlüpften wir in unsere Schuhe und Jacken, dann stürmten wir nach draußen und gleich weiter um das Haupthaus herum. Durch das Stubenfenster leuchtete uns das Irrlicht wie eine Taschenlampe entgegen. Nana reckte hinter der Scheibe erst ihren Daumen, dann ihren Zeige- und Mittelfinger hoch und drehte dabei langsam den Fenstergriff. Auf *drei* öffnete sie das Fenster und sofort kam das Irrlicht nach draußen geschwirrt. Blitzschnell sauste es über den Hof, sodass wir Mühe hatten, ihm zu folgen. Zum Glück wusste ich ja, wo es langging. Noah hingegen wäre mehrmals fast gestolpert, weil er eine falsche Abzweigung nehmen wollte.

„Das führt uns doch nicht zur Bucht, oder?", stieß er atemlos hervor, als wir bereits das Inselzentrum durchquert hatten. Trotz der kalten Nachtluft waren wir ins Schwitzen geraten und das Irrlicht flog ohne Pause weiter in Richtung Norden.

„Nein, wir sind fast da." Ich legte die Hände auf ein Steinmäuerchen und schwang mich auf die andere Seite – gerade, als auch das Irrlicht vom Weg abbog.

Noah blieb verdattert stehen. „Der Eingang zur Feenwelt befindet sich auf Bauer Orins *Schafweide*?"

Ich winkte ihn über die Mauer, während das Irrlicht auf eine ganz bestimmte Stelle im Gras zusteuerte. Die Halme waren hier dunkel verfärbt, doch ansonsten war nichts Auffälliges zu erkennen. „Ja, leider", antwortete ich gedämpft. Aus dem nahen Unterstand glaubte ich, das Malmen der Herde zu hören. „Ist schon etwas unpraktisch, weil es die Schafe erschreckt, wenn jemand aus dem Nichts auftaucht. Nana und ich haben außerdem den Verdacht, dass die Kobolde manchmal Johnny freilassen, nachdem sie hier durchs Portal gekommen sind."

„Und ich dachte schon, dieser Schafbock hätte magische Fähigkeiten", murmelte Noah. Er hockte sich neben mich ins feuchte Gras und wir schauten dabei zu, wie das Irrlicht ein paarmal über der dunklen Stelle kreiste. Plötzlich erstarrte es, als wollte es noch einmal tief Luft holen. Dann stürzte es nach unten und verschwand wie jemand, der einen Kopfsprung ins Wasser macht.

„Wahnsinn", hauchte Noah. „Das erinnert mich total an diese Bahnhofswand bei Harry Potter!"

„Nur, dass man von hier aus nicht auf ein anderes Gleis kommt, sondern in eine andere Welt." Ich rappelte mich hoch und streckte die Hand aus. „Na, bist du bereit?"

Noah zögerte keine Sekunde lang. Schon war er ebenfalls aufgestanden und seine Finger schlangen sich um meine. „Wird schon schiefgehen", hörte ich ihn gerade noch flüstern. Dann sprangen wir gemeinsam durch das Portal.

6. KAPITEL

Vor dem Hohen Rat

Japsend riss ich die Augen auf und versuchte, mich zu orientieren. Ich fühlte mich wie nach diesem Traum vom Fliegen und Abstürzen, den ich schon öfter gehabt hatte: Da erwachte ich immer genau dann, wenn eigentlich der Aufprall gekommen wäre. Auch jetzt hätte ich schwören können, dass ich weit in die Tiefe gefallen war, aber mir tat nichts weh. Ich lag auf dem Rücken im weichen Gras, Noah dicht an meiner Seite. Über uns spannte sich ein dunkelroter Himmel, so, als wäre gerade Sonnenaufgang oder Abenddämmerung. Daran erinnerte ich mich noch von meinem letzten Besuch in der Feenwelt: Nana hatte mir erklärt, dass das Licht hier immer gleich aussah und man deshalb jedes Zeitgefühl verlieren konnte. Außerdem gab es in dieser Welt keine wechselnden Jahreszeiten – die Luft war so mild, wie man es auf Patch Island nur hin und wieder im Sommer erlebte.

„Alles okay?", fragte Noah, stemmte sich hoch und half mir auf die Füße. „Komisch, ich hab das Gefühl, wir hätten einfach nur geschlaf…" Er wurde immer leiser und verstummte schließlich ganz, während er sich mit großen Augen umschaute. Wir befanden uns auf einer Lichtung und das Gras unter uns sah auch hier dunkel aus – so, als würde ein kreisrunder Schatten darauf fallen. Sämtliche anderen Pflanzen wirkten unnatürlich grell: Zwischen leuchtend grünen Halmen wuchsen Blumen in allen Regenbogenfarben und gigantische Pilze, die langsam an- und abschwollen wie die Blubberblasen auf einem zähflüssigen Gebräu.

„Bäh", machte Noah und sah einen der pulsierenden Pilze misstrauisch an. „Bin mir nicht sicher, wie ich das hier finden soll."

„Die Feenwelt scheint auch nicht sicher zu sein, wie sie *uns* findet“, murmelte ich und wich vor einem Schmetterling zurück, der angriffslustig um mein Gesicht flatterte. Auf seinen pechschwarzen Flügeln leuchtete ein weißes Totenkopf-Muster. Schaudernd wandte ich mich ab und ließ meinen Blick über die Wiese schweifen. Eigentlich hatte ich erwartet, dass der Dullahan oder eine Fee uns abholen würde, aber es war niemand zu sehen. Wenigstens blinkte das Irrlicht noch am Rande der Wiese. Ohne Begleitung hätte ich mich nur sehr ungern weiter in die Feenwelt hineingewagt.

Als wir wieder zu laufen begannen, kam mir das Geräusch unserer Schritte in der Stille viel zu laut vor. Besonders, als wir dem Irrlicht in den Wald folgten. Ständig knackte und knirschte es unter unseren Füßen und ich hatte Angst, auf irgendetwas zu treten, das sich beschweren würde. Einmal wäre ich fast gestolpert, um einer sehr *lebendigen* Baumwurzel auszuweichen. Wie ein Tentakel tastete sie sich über den Waldboden und ich konnte mir gut vorstellen, dass sie mich gern am Knöchel gepackt hätte. Trotz meiner Gänsehaut musste ich beinahe kichern, als ich merkte, dass Noah sich tatsächlich immer wieder in Richtung der Bäume verneigte. Tja, jetzt brachte er keine coolen Sprüche mehr!

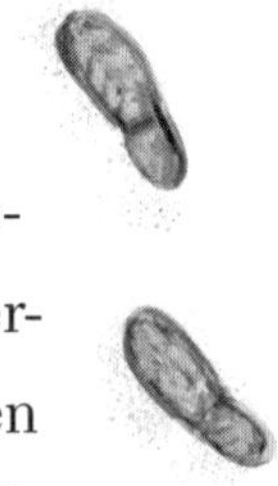

Erleichtert atmeten wir beide auf, als wir uns dem Waldrand näherten. Wir traten zwischen den letzten Bäumen hindurch – und blieben ehrfürchtig stehen. Im rötlichen Dämmerlicht erhob sich vor uns der Feenpalast mit seinen unzähligen Türmchen, Erkern und Zinnen. Das Gebäude wirkte noch verwinkelter, als ich es in Erinnerung hatte – aber auch so, als wäre es ganz von allein gewachsen. Manche Turmdächer erinnerten an Schneckenhäuser oder Muscheln und an sämtlichen Mauern wucherte Efeu. Erhellt wurde der Palast von Millionen glimmender Punkte, die aus der Ferne wie Weihnachtsbeleuchtung aussahen. Das Irrlicht verriet uns allerdings, worum es sich dabei handelte.

„Fiiiiiih!“, machte es begeistert und schwirrte davon, um sich wieder seinen Freunden anzuschließen. Noah und ich gingen inzwischen einen Weg aus bemoosten Steinplatten entlang, der zu einem Platz direkt vor dem Schlosstor führte. Dort hatten sich ein paar Gestalten mit prächtigen, wallenden Haaren versammelt und schlugen erwartungsvoll mit ihren schillernden Flügeln. Andere, die verschiedenfarbige Umhänge trugen, standen vollkommen reglos da. Sie waren ebenfalls langhaarig, hatten aber kantigere Gesichtszüge als die Feen.

„Sind das Feen…männer?“, flüsterte Noah.

„Elfen“, verbesserte ich ihn leise. „Im Gegensatz zu den weiblichen Feen haben sie keine Flügel. Deswegen finden sie Besuche in der Menschenwelt zu gefährlich und es gibt viel weniger Geschichten über sie. Ist ja bei den Kobolden so ähnlich, nur umgekehrt.“

„Es gibt *Koboldfrauen*?“, fragte Noah ungläubig.

„Pst.“ Warnend legte ich den Finger auf die Lippen, aber die Mitglieder des Hohen Rates hatten uns natürlich schon bemerkt. Insgesamt waren es zwölf Feen und Elfen, die uns schweigend entgegenblickten. Ich wusste aus Erzählungen, dass es im Feenpalast oft ausgelassene Feste gab, aber in diesem Moment war die Stimmung sehr ernst. Zumindest kam Noah so nicht in Versuchung, zu essen oder zu tanzen. Dafür würde es aber eine besondere Herausforderung sein, die Herrscherinnen und Herrscher der Feenwelt nicht zu beleidigen!

„Verbeug dich“, zischte ich Noah zu, als wir den Rand des Platzes erreicht hatten. Während Noah sich leicht nach vorne neigte, machte ich eilig einen Knicks. Jetzt war ich froh, dass ich ein Kleid trug – in meinen üblichen abgewetzten Jeans hätte das sicher nur albern ausgesehen.

„Einen schönen guten Abend. Oder, ähm, Morgen“, stammelte ich. „Wir sind gekommen, weil ihr uns eingeladen habt, um –“

„Falsch! Dich haben wir nicht eingeladen. Nur den Jungen“, unterbrach mich ein silberhaariger Elf, der einen Umhang aus dunklem Samt trug. Oder war es überhaupt kein Samt? Die Farbe des Stoffes schien sich zu verändern, so als würden Wolken über den Nachthimmel ziehen. Ich blinzelte ein paarmal, dann verbesserte ich mich: „Stimmt, aber ich dachte, es wäre in Ordnung, wenn ich ihn begleite. Immerhin bin ich ein Fabelwesen und –“

„Du bist kein richtiges Fabelwesen“, schnitt der Elf mir schon wieder den Satz ab. „Nachdem du dein ganzes

Leben bei den Menschen verbracht hast, bist du längst eine von ihnen geworden."

„Jetzt lass sie doch mal ausreden", sagte Noah.

Erschrocken sah ich, dass die Miene des Elfen noch finsterer wurde. Verflixt, wieso konnte Noah sich nicht unterwürfiger benehmen? Doch zu meiner Erleichterung schienen ihm die anderen Elfen und Feen wegen seiner direkten Art nicht böse zu sein. Eine Fee, deren Puffärmel genauso schillerten und pulsierten wie die Pilze, lächelte sogar ein bisschen.

„Wir haben viel von dir gehört, Ruby Agatha Fairygale", schnurrte sie und schaute mich erwartungsvoll an. Vermutlich hoffte sie, dass ich ihr meinen richtigen zweiten Namen verriet, damit sie mich notfalls mit einem Bannzauber belegen konnte. Aber ich lächelte nur wie die agathigste Agatha, die es jemals gegeben hatte. „Also", fuhr die Fee nach einer kurzen Pause fort, „natürlich besitzt du als Pooka das Recht, dich hier aufzuhalten. Wir fragen uns nur, warum du nicht schon öfter von diesem Recht Gebrauch gemacht hast."

„Ich habe einfach nicht daran gedacht", gestand ich. „Das ist ja alles noch recht neu für mich …"

„Da seht ihr es!", brauste der Elf im Nachtumhang auf.

„Sie hat *vergessen,* dass sie eine von uns ist! Genau diese Wirkung hat die Menschenwelt nämlich auf Mitglieder des magischen Volks. Sie dämpft den magischen Funken und ihre Besucher geraten entweder in Gefahr oder sie werden auf menschliche Weise hinterhältig und gemein!“

Ein Elf, dessen Umhang aus Tannennadeln bestand, schüttelte den Kopf. „Du übertreibst, Nocturno“, sagte er. „So schlimm sind die Menschen auch wieder nicht – jedenfalls nicht alle. Denk an die Menschenfrau, die hier vor zwei Jahrzehnten den Eid abgelegt hat! Sie zieht nicht nur das Pookamädchen groß, sondern kümmert sich auch um unsere verwundeten und kranken Schwestern und Brüder.“

„Das schon, aber wo haben sich denn viele von ihnen die Verletzungen zugezogen, die behandelt werden müssen? In der Menschenwelt! Beim Kontakt zu Menschen!“ Nocturno schaute mit blitzenden Augen in die Runde und manche der Ratsmitglieder murmelten zustimmend. Davon angestachelt, fuhr der Elf noch ein bisschen lauter fort: „Was ist mit der Meerjungfrau, die kürzlich von einem Fischer mit einem Messer attackiert wurde?“

Fiona, schoss es mir durch den Kopf. Unbehaglich trat ich von einem Fuß auf den anderen.

„Oder habt ihr vielleicht den brutalen Menschenmann vergessen, von dem uns die Todesfee Rosaleen berichtet hat?"

Ich hörte, wie Noah bei der Erinnerung schluckte. Der ‚brutale Menschenmann' war sein Privatlehrer Mr Bennet gewesen. Er hatte Rosaleen bedroht und sie beim Weinen ihrer leuchtenden Tränen gefilmt, weil er geglaubt hatte, das Video könnte ihn reich machen. Als wäre das nicht schon schlimm genug, hatte er außerdem Fitz nach Amerika entführen wollen, um ihn dort zu verkaufen.

„Und dann ist da noch die erschreckendste Geschichte seit Langem", sagte Nocturno düster. „Ein Wissenschaftler nahm Fabelwesen gefangen, führte an ihnen Experimente durch und erfand ein Mittel, mit dem sich Magie abtöten lässt. Der Vater *dieses* Mädchens!" Anklagend deutete er auf mich und es sah aus, als zuckten Blitze über seinen Umhang.

„Aber der ist doch auch ein Fabelwesen!", protestierte ich.

„Ganz recht", bestätigte Nocturno. „Ein Fabelwesen, das beim ständigen Kontakt mit den Menschen böse geworden ist. Ein Fabelwesen, das für seine Schwestern und Brüder zur Gefahr wurde! Verstehst du jetzt meine Besorgnis?"

„Mein … also, André … ist nicht mehr so wie früher", stotterte ich und ärgerte mich darüber, wie schwer mir das Wort *Dad* immer noch über die Lippen kam. „Er steckt jetzt in Hundegestalt fest und wirkt seitdem viel ruhiger und friedlicher!"

Nocturno verschränkte die Arme vor der Brust. „Woher willst du wissen, dass seine Einstellung sich geändert hat?", fragte er lauernd. „Hast du mit ihm darüber gesprochen?"

O nein. Wie sollte ich das bloß beantworten, ohne zu lügen? Viel zu lange zerbrach ich mir den Kopf, während die Mitglieder des Hohen Rates wieder zu murmeln begannen.

„Das … spüre ich einfach", brachte ich endlich hervor und merkte selbst, wie lahm es klang.

„Aha", sagte Nocturno trocken. „Nun, *wir* können ihn nicht dazu befragen und er ist nicht imstande, vor dem Hohen Rat einen Eid zu schwören. Keiner von uns versteht die Hundesprache!"

„Aber wir haben nun jemanden zu Gast, der sehr wohl einen Eid ablegen kann", mischte sich eine Fee mit kühler Stimme ein, deren Kleid und Flügel wie frisch gefallener Schnee glitzerten. „Darum haben wir uns ja heute hier versammelt. Können wir bitte zum Thema zurückkehren?"

„Bin voll dafür", sagte Noah schnell. Sicher versuchte er, die Ratsmitglieder so von mir abzulenken. „Was soll ich machen? Knien, mich in den Finger piken, ein Gedicht aufsagen?"

„Schließe deine Augen", befahl die Fee, „und halte die Hände auf."

Mit zusammengekniffenen Augen streckte Noah seine Hände nach vorne. Die Mitglieder des Hohen Rates kamen einer nach dem anderen auf ihn zu und überreichten

ihm verschiedene Gegenstände: Federn, Blätter, Tannenzapfen und andere Mitbringsel aus dem Wald. Ich musste ein klein wenig lächeln – was Noah da in den Händen hielt, sah bald so aus wie der Inhalt einer Kinder-Schatztruhe. Aber bestimmt hatten die Feen jedes Stück sorgfältig und nach wichtigen magischen Regeln ausgesucht. Zum Schluss flatterte eine Fee mit pechschwarzen Locken über den Schlossplatz und landete vor Noah. Ihr Kleid war sogar noch dunkler als Nocturnos Umhang, aber hier und da flackerte es orange und auch ihre Flügel hatten die Farbe von Flammen. In den Händen trug sie eine Schale, die mit rauchenden Kohlen gefüllt war.

„Wirf alles hier hinein", verlangte sie. „Und sprich mir bitte nach: *Ich gelobe feierlich, bis an mein Lebensende kein krankes oder verwundetes Fabelwesen schlecht zu behandeln oder auszunutzen.* Solltest du diesen Schwur brechen – ganz egal, wann –, wird der Inhalt der Schale in Flammen aufgehen. Dann wissen wir Bescheid."

Ein bisschen stockend wiederholte Noah den Schwur, während er die kleinen Schätze des Waldes in die Schale fallen ließ. Eine Rauchwolke stieg auf und ich bildete mir ein, darin ganz kurz die Umrisse von Noahs Gesicht zu erkennen. Dann wurde die Luft wieder klar und die schwarzhaarige Fee flog mitsamt der Schale davon.

„So weit, so gut“, sagte Nocturno, doch er sah überhaupt nicht danach aus, als wäre er hier mit irgendetwas zufrieden. „Zumindest haben die Menschenfrau und das Pookamädchen nun Verstärkung. Wollen wir hoffen, dass sie zu dritt wenigstens ein bisschen von dem schaffen, wozu eine einzelne Hexe fähig war.“

„Eine Hexe?“, rutschte es mir heraus. Eigentlich wollte ich das Gespräch mit Nocturno am liebsten so schnell wie möglich beenden, aber ich konnte mich einfach nicht beherrschen. Von Hexen hatte mir meine Großmutter noch nie erzählt. Deshalb war ich mir sicher gewesen, sie wären genauso frei erfunden wie Zombies oder die Zahnfee.

Auch Noah hatte sich neugierig vorgebeugt. „Solche mit Abrakadabra und Knusperhäuschen?“

„Nein, ich meine natürlich die Kräuterweiber“, sagte der Elf gereizt. „Was glaubt ihr denn, wer sich früher um kranke Fabelwesen gekümmert hat?“

Stirnrunzelnd schauten Noah und ich einander an – darüber hatten wir noch nie so richtig nachgedacht. Eine Weile herrschte ratloses Schweigen, dann mischte sich die Fee mit dem weißen Glitzerkleid ein.

„Natürlich haben wir immer wieder selbst versucht, Krankheiten und Wunden fortzuzaubern. Aber eine gute Heilerin wurde keine von uns“, erklärte sie. „Unsere Magie funktioniert einfach nicht auf diese Weise. Also haben wir begonnen, kräuterkundige Frauen aus der Menschenwelt zu uns einzuladen. Ich glaube, vor ein paar hundert Jahren hat man solche Frauen noch Hexen genannt, obwohl sie in der Menschenwelt gar nichts Übernatürliches bewirken konnten. Doch bei uns – und mithilfe von Feenkräutern – erschufen sie viele ganz besondere, *magische* Rezepte. Lange Zeit lebten sie hier, heilten unsere Kranken und alterten nur so langsam, dass sie nahezu unsterblich waren. Leider bekamen sie aber irgendwann Sehnsucht nach ihrer Welt.“

„Menschen“, sagte Nocturno kopfschüttelnd und es klang, als wäre das ein anderes Wort für ‚Waschlappen‘.

„Wir wollten sie nicht gehen lassen und es kam zum Streit“, brummte der Elf im Tannennadelgewand. „Eine recht bedauerliche Geschichte. Schlussendlich waren alle Heilerinnen fort und mit ihnen sämtliche Aufzeichnungen, die sie über ihre Tränke und Tinkturen gemacht hatten. Soweit wir wissen, sind sie mittlerweile alle verstorben.“

„Seit ihrem Verrat sind wir jedenfalls darauf angewiesen, uns von Heilkundigen in der Menschenwelt behandeln zu lassen“, sagte Nocturno mit zusammengebissenen Zähnen. „Also enttäuscht uns nicht.“

„Werden wir nicht“, sagte ich schnell – und zuckte zusammen.

Das war ein Versprechen gewesen. Ein Versprechen an jemanden aus dem Feenvolk! Ich hatte Noah doch extra eingeschärft, dass man sich davor hüten musste, und nun tappte ich selbst in die Falle!

Nocturnos Augen verengten sich zu Schlitzen. Sein Blick war so intensiv, als schaute er geradewegs in mich hinein. Dann formten seine blassen Lippen ein Lächeln. „Schön“, sagte er sanft. „Ich nehme dich beim Wort, Pookamädchen. Du trägst von jetzt an Sorge dafür, dass alle Fabelwesen auf Patch Island zu ihrer vollsten Zufriedenheit behandelt werden.“

Ich versuchte, etwas zu sagen, aber mein Mund fühlte sich viel zu trocken an. Mühsam schluckte ich und schaute dabei Hilfe suchend zu Noah, aber der hatte gar nicht mitbekommen, was passiert war. Vermutlich freute er sich einfach nur, dass er die Zeremonie hinter sich hatte. „Können wir gehen?", fragte er und drehte den Kopf bereits in Richtung Wald.

Nocturno machte eine gebieterische Handbewegung. „Ja, wir wollen euch nicht länger aufhalten."

„Gut, danke", antwortete Noah und machte zwei schnelle Schritte, dann blieb er abrupt stehen. Sein Fuß schien genauso in der Luft zu hängen wie sein letztes Wort. Inzwischen wurde Nocturnos Lächeln noch eine Spur breiter und es hätte mich nicht gewundert, wenn er sich zufrieden die Hände gerieben hätte.

„Ist mir ein Vergnügen", säuselte er. „Du wirst deiner Freundin bestimmt dabei helfen, jegliches Leid von den Fabelwesen auf Patch Island fernzuhalten, nicht wahr?"

Erschrocken schaute Noah mich an, aber für Ausflüchte war es zu spät. Ein Dank galt bei den Feen als eine Art Gutschein, den sie für nahezu alles einlösen durften. Die

Luft schien vor Spannung zu knistern, während sämtliche Ratsmitglieder auf Noahs Antwort warteten. Inzwischen trat Nocturno langsam näher an uns heran, immer noch mit diesem übertrieben freundlichen Ausdruck im Gesicht. Trotzdem wirkte er nun eindeutig bedrohlich.

„Ja, okay", murmelte Noah, dann machten wir uns mit gesenkten Köpfen auf den Weg zum Portal. Schlimmer hätte unser Besuch in der Feenwelt kaum laufen können: Der Hohe Rat hatte in dieser Nacht ein einziges Versprechen gefordert – doch gegeben hatten wir drei.

7. KAPITEL

Geheimnisse auf dem Dachboden

Nana erwartete uns bereits an der Haustür. Ihre kurzen Haare standen wie Igelstacheln nach allen Seiten ab und sie trat hektisch von einem Fuß auf den anderen.

„Da seid ihr ja endlich!“, rief sie uns entgegen. „Ich war schon drauf und dran, nach einer Fee zu suchen und sie zu bitten, dass sie mich zu euch bringt!“

„Aber dann hättest du doch in ihrer Schuld gestanden“, sagte ich, während ich meine Gummistiefel auszog.

„Und das sollte man dringend vermeiden“, ergänzte Noah und suchte kurz meinen Blick. Ich wusste genau, was er mir sagen wollte: Es war das Beste, wenn meine Großmutter nichts von dem Versprechen an Nocturno erfuhr. Seit ihrer Herz-OP versuchten wir, schlechte Nachrichten so gut wie möglich von ihr fernzuhalten. Was nützte es denn, sie zu beunruhigen, wenn sie ohnehin nicht helfen konnte?

„Also ist alles gut gegangen?“, fragte sie und zog sich die Ärmel ihres Pyjamas über die Finger.

„Marsch ins Bett und wärm dich auf“, sagte ich so übertrieben streng, dass Nana grinsen musste. „Es ist alles in Ordnung. Noah hat seinen ersten Ausflug in die Feenwelt problemlos überstanden.“

„Na schön, dann lasst uns jetzt schlafen gehen. Morgen – nein, *heute* wird wieder ein langer Tag.“ Gähnend tappte Nana durch den Flur, dann drehte sie sich noch einmal um. „Ach, übrigens: Wir müssen den Meerjungfrauen unbedingt frische Heilbäder einlassen. Eigentlich hatte ich ihnen das schon für gestern versprochen, aber in der ganzen Aufregung haben wir nicht mehr daran gedacht.“

„Ist gut.“ Ich wartete, bis sie die Schlafzimmertür hinter sich geschlossen hatte, dann zog ich Noah die Treppe hinauf. „Verdammt“, flüsterte ich, sobald wir mein Zimmer erreicht hatten. „Verdammt, verdammt, verdammt!“

„Soll ich einen Kobold holen, damit er dir neue Flüche beibringt?“, bot Noah an. Als ich nicht darauf einging, beugte er sich ein wenig vor, um mir direkt in die Augen zu sehen. „Hey, nun bleib doch mal locker. So schlimm ist das Ganze auch wieder nicht.“

„Meinst du?! Für mich klingt es so, als würde Nana die Arbeit über den Kopf wachsen. Was, wenn es für Nocturno schon als *Leid* zählt, dass die Meerjungfrauen kein frisches Bad bekommen haben? Oder wenn solche Dinge nun öfter vorkommen? Dann hätten wir unser Versprechen nicht eingehalten! Zur Strafe könnte der Hohe Rat die magische Pflegestation schließen oder unsere Arme und Beine in wabbelige Schlingpflanzen …“

„Ruby! Mir ist schon klar, dass das heute blöd gelaufen ist“, fiel Noah mir ins Wort. „Aber dieser Nocturno wird wohl kaum hier auftauchen, um uns zu kontrollieren. Du hast doch gemeint, Elfen fänden Besuche in der Menschenwelt zu gefährlich, oder? Außerdem hat er keinen zweiten Feuerschwur mit uns gemacht, also wird auch nichts verbrennen, wenn uns mal ein kleiner Fehler passiert. Wie sollte Nocturno dann überhaupt davon erfahren?“

„Beschwerden machen unter Fabelwesen wahnsinnig schnell die Runde“, sagte ich. „Mindestens so schnell wie auf Patch Island!“

Das schien Noah nun doch zu beunruhigen. Einen Moment lang kaute er auf seiner Unterlippe herum, dann straffte er entschlossen die Schultern. „Okay, pass auf. Von nun an stelle ich mir den Wecker auf halb sechs und beginne schon mal mit meinen Schulaufgaben, bevor wir die Pflegetiere füttern gehen. Dann bin ich nachmittags früher mit allem fertig und wir können deiner Grandma mehr Arbeit abnehmen.“

Mir gelang ein schiefes Lächeln. „Im Ernst? Das ist aber sehr nett von dir, Noah Cornelius.“

„So bin ich eben, Ruby Agatha.“

„Und dir ist auch bewusst, dass du jetzt nur noch vier Stunden schlafen kannst?“

Noah schnitt eine Grimasse. „Bin dann mal weg. Gute Nacht!“ Er polterte aus dem Zimmer und ich konnte hören, wie er sich nebenan auf seine Matratze warf. Auch ich kroch ins Bett, ohne mir erst die Mühe zu machen, mein

Festtagskleid auszuziehen. Als ich einen Arm unter meine Wange schob, glaubte ich, den Duft irgendeiner Feenpflanze riechen zu können. Dabei regte sich etwas in meinen Gedanken – etwas Wichtiges, das mit Kräutern zu tun hatte. Immer wieder schnupperte ich an meinem Ärmel, während ich darüber nachdachte. Bevor ich allerdings auf die Lösung kam, fielen mir vor Erschöpfung die Augen zu.

Natürlich wurde ich beim Klingeln von Noahs Wecker ebenfalls wach. Nicht so sehr wegen des Klingelns, sondern weil Noah ein ghulmäßiges Stöhnen von sich gab und dann ein paar sehr unfeine Sachen sagte – aber er stand tatsächlich auf. Als ich nach einer langen Dusche hinunterging, um die Tiere zu füttern, saß er zwischen zwei Türmen aus Büchern und Arbeitsblättern am Esstisch.

„Morgen“, sagte er und gähnte so ausgiebig, dass ich Angst bekam, er könnte sich den Kiefer ausrenken. „Jedenfalls behauptet die Uhr, dass Morgen ist. Mein Körper hat's noch nicht kapiert.“

„Aber die Pflegetiere wissen es bestimmt.“ Ich öffnete den Kühlschrank und nahm Karotten für unsere Gast-

Kaninchen heraus. Danach vermischte ich Katzenfutter und Haferflocken für den dürren Igel, den wir bis zum Winter aufpäppeln wollten, und zerteilte einen Apfel als Leckerchen für unser Pflegeschaf. Zuletzt schmierte ich ein Sandwich für meinen Vater, der Hundefutter nach wie vor nicht leiden konnte. Gemeinsam mit Noah brachte ich den Vierbeinern ihr Frühstück und öffnete alle Tore zu den Außengehegen. Natürlich ließen wir auch Schmuggel und André in den Hof. Während Schmuggel an mir vorbei ins Freie schlurfte, warf er mir einen Blick zu, den ich ohne Schwierigkeiten deuten konnte. ‚Na endlich, ihr Rotzgören', wollte er uns ganz bestimmt sagen. ‚Noch eine Sekunde länger mit diesem Schnösel und ich wäre durchgedreht.'

Doch als ich danach meinem Vater in die Augen sah, hatte ich nicht die geringste Ahnung, was in ihm vorging. Seltsam, dass ich mich so schlecht in ihn hineinversetzen konnte, obwohl wir miteinander verwandt waren! Ich fand es auch unmöglich zu erkennen, ob er mich eigentlich mochte. Zwar wedelte er ein bisschen mit dem Schwanz, wenn ich ihm sein Futter brachte, aber das war vielleicht nur ein Hunde-Reflex. Nocturno hatte recht: Im Grunde wusste ich überhaupt nicht, ob sich mein Vater zum Guten verändert hatte. Was, wenn er alles Magische nach wie vor verabscheute …?

Ich war beinahe erleichtert, als André ohne zu zögern an mir vorbeistolzierte und nach einem gemütlichen Plätzchen auf dem Hof Ausschau hielt. Offenbar hatte er genauso wenig Lust auf ein klärendes Gespräch wie ich. Also folgte ich Noah zurück ins Haupthaus und beschloss, meine Sorgen mit einer ordentlichen Portion Pfannkuchen zu dämpfen.

Wir hatten die erste Ladung bereits verputzt und kümmerten uns gerade um Nachschub, als Nana in die Stube kam. Sie hielt ein dunkles Kleiderbündel an ihre Brust gedrückt und verkündete dramatisch: „Ich wusste es – ihr wurdet in der Feenwelt mit einem Fluch belegt. Hat der

Hohe Rat euch in eine Art Heinzelmännchen verwandelt?"

„Wir haben einfach sehr viel Energie", behauptete ich und warf wie zum Beweis einen Pfannkuchen in die Luft. Leider drehte er sich nicht ganz rundherum, sondern klappte auf halbem Weg zusammen. Beim zweiten Versuch wäre er mir beinahe samt Pfanne runtergefallen, als Nana das Kleiderbündel ausschüttelte. Es war der schwarze Pullover.

„Nutzt ihr diese Energie auch, um die Leute von Patch Island neu einzukleiden?", fragte sie. „Orin kam gerade vorbei und hat mir das hier gebracht. Ich soll mich bei euch bedanken, aber es wäre nicht ganz sein Stil."

Die Hitze der Herdplatte schien direkt in meine Wangen zu steigen. Schnell richtete ich meinen Blick auf den verunglückten Pfannkuchen. „Ähm, wir dachten, der Pullover sollte nicht noch länger ungetragen hier herumliegen. Wär doch schade drum, oder?"

„Das stimmt." Nachdenklich strich Nana über die schwarze Wolle. „Ich glaube, meine Mutter hat den gestrickt, aber keine Ahnung, wieso. Sie hat mich ja ganz allein großgezogen. Vielleicht sollte er ein Geschenk für einen Nachbarn sein." Sie hielt kurz inne, dann entschlüpfte ihr ein Kichern. „Oder für einen heimlichen Freund. Fergus müsste altersmäßig zu ihr gepasst haben! Allerdings hat sich meine Mam hin und wieder so benommen, als wäre sie eigentlich noch viel älter. Und die beiden hätten sich gegenseitig mit ihrem Aberglauben wahnsinnig gemacht …"

Im nächsten Moment passierte es doch: Die Pfanne rutschte mir aus den Fingern und landete scheppernd auf dem Fußboden.

„Keine Sorge!", rief Noah. „Den kann man noch essen!" Er schnappte sich den Pfannkuchen und hielt ihn mir entgegen, aber ich griff nicht danach. Stattdessen machte ich einen Satz über die Pfanne, die immer noch auf dem Boden lag, und stürmte an Nana vorbei.

„Ich, äh, bring den mal schnell auf den Dachboden", keuchte ich und grapschte im Laufen nach dem Pullover. „Bevor meine Energie wieder verpufft!"

„Hilft deine Energie auch beim Geschirrspülen?", rief Nana mir hinterher, dann hörte ich Noahs Schritte. Im Gegensatz zu meiner Großmutter stellte er keine Fragen, obwohl er bestimmt ahnte, dass ich geschwindelt hatte. Das war so typisch für ihn: Egal wie bekloppt ich losraste, er kam einfach mit, ohne eine Erklärung zu verlangen.

Schweigend öffnete er die Bodenklappe, die ich nur schwer erreichen konnte, und folgte mir die Leiter hinauf. Erst im staubigen Halbdunkel des Dachbodens sagte er: „Und wofür genau hast du jetzt diesen Pulli als Ausrede verwendet?"

„Nanas Mam!", stieß ich hervor.

Noah zog die Augenbrauen hoch. „Die schon lange tot ist? Okay, jetzt wird's gruselig."

„Nein, mir ist da gerade was eingefallen. Eigentlich geht es mir schon seit letzter Nacht im Kopf herum, aber ich konnte es bis jetzt noch nicht lösen: Die besonderen Kräutermischungen, von denen die Elfen gesprochen haben … die haben mich an Nanas Spezialtee erinnert. Ich

meine, es ist doch nicht normal, dass man magische Kräfte mit einem harmlosen *Tee* unter Kontrolle halten kann, oder?"

„Was ist hier schon normal", sagte Noah schulterzuckend, aber ich ließ mich nicht beirren.

„Der Tee hat also eindeutig etwas Zauberhaftes an sich", redete ich hastig weiter, „und weißt du noch, wo Nana das Rezept gefunden hat? In einem alten Kräuterbuch ihrer Mam! Ihrer Mam, die so abergläubisch war, als stammte sie aus einer früheren Zeit …"

Da begriff Noah endlich, worauf ich hinauswollte. „Du glaubst, deine Uroma gehörte zu den *Hexen*?!“, stieß er hervor.

„Zu den kräuterkundigen Frauen, ja! Und wenn das stimmt, dann könnte dieses Kräuterbuch ihre magischen Rezepte enthalten! Ich hab auch eine Idee, welches Buch das sein könnte …“

Noahs Blick huschte sofort zu der Stelle, wo ihm bei unserem letzten gemeinsamen Dachbodenbesuch ein staubiger Wälzer auf den Kopf gefallen war. *„Kraft der Kräuter: Gewöhnliche Pflanzen und was sie Außergewöhnliches bewirken können“*, flüsterte er. Im nächsten Moment stürzten wir uns auf das Regal und begannen, darin zu wühlen. Eine Weile hörte man nur unsere schnellen Atemzüge, bis ich einen leisen Schrei ausstieß. Triumphierend hielt ich ein dickes dunkelgrünes Buch in die Luft.

8. KAPITEL

Genau das passende Rezept

Mit den Fingerspitzen streichelte ich über den grünen Einband, so als wollte ich das Buch um Erlaubnis bitten, es lesen zu dürfen. Dann setzte ich mich im Schneidersitz auf den Fußboden und schlug die erste Seite auf. In verschnörkelter Handschrift prangte dort noch einmal der Titel und darunter stand: *Geschrieben von Eileen J. Collins.*

Noah, der inzwischen ganz dicht neben mir Platz genommen hatte, pfiff leise durch die Zähne. „Also hat es tatsächlich die Mam von deiner Nana geschrieben. Damit hattest du schon mal recht."

„Es ist der vierte Band einer ganzen Serie", sagte ich und deutete auf die römischen Ziffern, die Eileen sorgfältig unter ihren Namen gesetzt hatte. Außerdem stand ein Untertitel dabei: *Nützliche Tränke, Dämpfe und Tinkturen für den Alltag*.

„Spannende Titel waren wohl nicht ihre Stärke", bemerkte Noah ein bisschen spöttisch. „Wie wär's stattdessen mit *Krasse Kräuter gegen Krankheiten* oder *Dunkle Mächte aus dem Blumenbeet*?"

„Noch wissen wir gar nicht, ob es wirklich was mit Magie zu tun hat", erinnerte ich ihn. „Oder mit Krankheiten. *Nützliches für den Alltag* klingt jedenfalls nicht danach. Aber vielleicht geht es in einem anderen Band der Serie um Heiltränke! Ob die alle hier irgendwo verteilt sind …?" Ich blickte mich auf dem Dachboden um, bis Noah vor meinem Gesicht mit den Fingern schnippte.

„Ruby! Nicht suchen! Krasses Kräuterbuch anschauen!"

„Schon gut, mach ich ja." Vorsichtig blätterte ich durch die vergilbten Seiten, die über und über mit Schrift und kleinen Zeichnungen bedeckt waren. Oft hatte Nanas Mam die alte irische Sprache benutzt, die ich nicht gut genug konnte, um alles zu lesen. Manche Texte waren glücklicherweise auf Englisch, doch leicht zu verstehen fand ich sie trotzdem nicht.

„Warum musste sie sich denn so schwülstig ausdrücken?“, stöhnte Noah. „Hör dir das mal an: *Schenkt Ehrgeiz und auch Geisteskraft, dass man, was man ersehnt, auch schafft* … Keine Ahnung, was dieses Geschwurbel überhaupt bedeuten soll! Oder hier: *Du weißt, wohin dein Herz dich drängt* … So schreibt man vielleicht einen schnulzigen Liebesroman, aber doch keine Rezeptsammlung!“

„Warte mal!“ Ich zog das Buch näher an mich heran und kniff die Augen ein wenig zusammen. So konnte ich die Schnörkel, mit denen Eileen jeden Buchstaben verziert hatte, besser ausblenden. Dann las ich den ganzen Text vor, aus dem Noah zitiert hatte:

„Du weißt, wohin dein Herz dich drängt,
doch kannst es nicht erreichen.
Siehst dich beengt, gehemmt, blockiert –
die Hürden müssen weichen!
Ein Spritzer von dem Kräutersud
kann Liebende vereinen
und führt dich auch zu Zielen hin,
die unerreichbar scheinen!“

Einen Moment lang starrte ich noch auf die Zeilen, dann hob ich den Kopf. „Denkst du gerade dasselbe wie ich?“, fragte ich Noah atemlos.

Halb rechnete ich damit, dass er einen Witz reißen würde, aber das tat er nicht. Er saß kerzengerade da und wirkte sehr konzentriert. „Ich denke an die beiden *gehemmtesten* Menschen auf Patch Island.“

„Orin und Winnie!“, stimmte ich zu und mein Herz klopfte schneller. „Du glaubst doch auch, dass sie einander sehr mögen, oder? Aber sie sind zu verklemmt, um ein Paar zu werden. Was, wenn dieses Zaubermittel ihnen ein bisschen Mut verleihen könnte?“

Noah ließ sich viel Zeit mit seiner Antwort. Stirnrunzelnd betrachtete er die Buchseite, dann meinte er: „Einen Versuch wäre es wert. Aber daraus wird wohl nichts."

„Und wieso nicht?", protestierte ich. „Wenn es klappen würde, wäre das doch einfach perfekt! Winnie würde auf Patch Island bleiben wollen, Nana hätte weniger Arbeit, wir könnten uns besser um die Fabelwesen kümmern und hätten keinen Stress mit diesem finsteren Elf … und ganz nebenbei hätten wir zwei nette, aber rekordverdächtig schüchterne Leute glücklich gemacht!"

„Das Problem sind die Zutaten." Noah tippte auf das Kästchen, in dem die notwendigen Kräuter aufgelistet waren. „Manche dieser Tränke und Tinkturen bestehen aus Pflanzen, die es hier überall gibt. So wie der Tee, mit dem man Magie unter Kontrolle halten kann. Aber ich bezweifle, dass …", er räusperte sich und las dann laut, *„Leuchtrose* oder *Feenhundmäulchen* im Kräuterbeet deiner Grandma wachsen."

„Na ja …" Ich zögerte kurz, während ich die dazugehörigen Skizzen betrachtete. Dann murmelte ich: „In der Feenwelt sind sie sicher leicht zu finden."

„Fräulein Fairygale!" Noah ahmte den strengen Tonfall nach, in dem der alte Fergus mir gerne Vorträge über Pech und Verderben hielt. „Hast du etwa vor, diese Pflanzen zu besorgen? Denk daran: Diesmal könnte ich dich nicht durchs Portal begleiten, weil ich keine Feen-Einladung habe!"

„Ich weiß. Aber soll ich es nicht wenigstens mal versuchen? Wenn ich Glück habe, finde ich die Kräuter so schnell, dass mich überhaupt niemand bemerkt!"

Unschlüssig blätterte Noah weiter in dem Buch und las noch ein paar Rezepte, dann klappte er es seufzend zu. „Na schön, aber lass dich nicht von einem Feenhund fressen. Oder von einem Feenschaf zertrampeln. Oder von einem Feenstinktier …"

„Schon klar." Ich grinste ein bisschen, als wäre ein weiterer Ausflug in die Feenwelt kaum der Rede wert. In Wirklichkeit hatte ich gar kein gutes Gefühl dabei und ich wollte Nana auch nicht schon wieder etwas verheimlichen.

Als wir zu Bauer Orins Weide aufbrachen, grübelte ich immer noch, ob meine Entscheidung richtig war. Vielleicht würden wir doch ohne Winnie zurechtkommen, bis Mam und Flynn uns wieder helfen konnten … Aber dann erreichten wir das Inselzentrum und meine Zweifel lösten sich in Luft auf.

„Das ist ja wohl das Allerletzte!", schallte uns die Stimme des alten Fergus entgegen. „Freches, verfressenes Fabelwesenpack!“

Noah und ich beschleunigten unsere Schritte. Es überraschte mich nicht, dass wir Fergus vor Kathleens Bäckerei entdeckten. Wenn er sich am Morgen dermaßen aufregte, hatte das meistens mit Kuchen zu tun – oder vielmehr damit, dass es seinen gewünschten Kuchen nicht gab.

„Tut mir wirklich leid“, jammerte Kathleen, die mit zerrauftem Haarknoten in der offenen Tür der Bäckerei stand. „Ein paar Kobolde haben mir meinen ganzen Vorrat Zucker und Honig geklaut, weil ich nicht genug Bonbons für sie hatte. Ohne etwas Süßes kann ich doch keine Sonntagstorte backen!“

„Und ich soll also jetzt nichts zum Frühstück bekommen? Soll elendiglich verhungern, bis nur noch ein Häufchen Knochen von mir übrig ist?!“

„Ich habe sehr gutes, frisches Brot …“, setzte Kathleen an, doch Fergus war mit seiner dramatischen Rede noch nicht fertig.

„Vielleicht durchstöbere ich auch einfach eine Mülltonne, so wie mein Freund, Mr Ghul. Denn so scheint das ja neuerdings hier auf Patch Island zu laufen: Leckeres gibt's für die Kobolde und für nette ältere Herren bleibt nur noch Abfall!"

„Ich würde es begrüßen, wenn *niemand* mehr den Müll durchstöbern könnte", mischte sich Brenda ein, die aus dem benachbarten *Graham's Inn* getreten war. „Es ist wirklich kein Vergnügen, ständig hinter diesem Ghul herzuräumen. Heute waren wieder alle Tonnen umgekippt und ich musste ewig schrubben, bis es rund um mein Gasthaus sauber war. Die Sache mit den Fabelwesen wächst mir allmählich über den Kopf!"

„Mir auch. Im wahrsten Sinne des Wortes." Bauer Orin kam mit hängenden Schultern und missmutigem Gesichtsausdruck zur Bäckerei geschlurft. Wahrscheinlich wollte er sich auch gerade ein Stück Torte besorgen. „Ich glaub, auf meinem Kürbisfeld haben letzte Nacht Feen 'ne Party gefeiert", klagte er. „Manche Kürbisse sind zehnmal so groß wie vorher! Was soll man damit bitte schön anfangen? Ich kann sie ja gar nicht mehr tragen!"

Brenda stemmte die Hände in die Seiten. „Wir schauen jetzt alle bei Cleo vorbei", sagte sie energisch. „Sonntagmorgen hin oder her – sie muss uns unbedingt ein paar Tipps geben. Fabelwesen sind schließlich ihr Spezialgebiet, oder?“

Die anderen nickten zustimmend. Während Fergus irgendwas vor sich hin grummelte, das nach *Mal versuchen* und *Ganz schwach vor Hunger* klang, stupste Noah mich mit dem Ellenbogen in die Seite.

„Los, komm“, flüsterte er. „Solange die Luft auf Orins Weide rein ist!“

Ohne zu zögern, huschte ich an dem Grüppchen vorbei und dann im Laufschritt weiter nach Norden. Jetzt zerbrach ich mir nicht mehr den Kopf darüber, ob die Sache mit dem Zaubertrank eine gute Idee war. Wir mussten dringend etwas unternehmen, um Nana und auch uns selbst das Leben leichter zu machen – denn wie es aussah, fingen die Probleme mit den Fabelwesen gerade erst an.

9. KAPITEL

Zurück auf der Lichtung

Die Schafe wirkten nicht gerade begeistert, dass wir sie schon wieder beim Fressen störten. Vorwurfsvolles Geblöke empfing uns, als Noah und ich über die Weide stapften. Ich hatte mich schon mal in Tiersprache mit den Schafen unterhalten und konnte mir gut vorstellen, was sie gerade sagten: ‚Geht wähähäg! Ihr nähähährvt!‘

„Schon gut, schon gut“, sagte ich beschwichtigend und stoppte vor dem dunklen Fleck im Gras. „Ich hab nur die besten Absichten für euer Herrchen, Ehrenwort!" Hastig öffnete ich Noahs Rucksack und zog das Kräuterbuch hervor, um mir die Skizzen von Leuchtrose und Feenhundmäulchen noch einmal genau anzuschauen.

„Nimm das Buch lieber mit", sagte Noah. „Wär echt blöd, wenn du falsche Pflanzen erwischst …"

„… und die beiden dann *noch* schüchterner werden?", ergänzte ich.

„Oder gar nicht mehr schüchtern. Stell dir vor: Winnie als Influencerin und Orin als YouTube-Star." Noah steckte mir das Buch vorne in die Jacke, dann fragte er mit ernster Miene: „Also, bist du dir wirklich sicher, dass du das machen willst?"

„Na klar." Ich bemühte mich um ein Lächeln, obwohl es in meinem Bauch vor Aufregung heftig kribbelte.

Natürlich durchschaute Noah mich. „Was würde denn passieren, wenn ich genau im selben Moment wie du auf das Portal springe?"

„Gar nichts", sagte ich bedauernd. „Du würdest einfach auf festem Boden landen, während ich hindurchflutsche."

„Verdammt. Aber lass uns wenigstens so tun als ob." Noah griff nach meiner Hand und stellte sich an den Rand des Portals. Während er langsam bis drei zählte, hielt er meine Finger fest und warm umschlossen. Dann machten wir gleichzeitig einen großen Schritt nach vorne – und Noahs Hand löste sich in Luft auf. Ich lag alleine im feuchten Gras und sah über mir rot verfärbte Wolken. Der Duft unzähliger Blumen stieg mir in die Nase, vermischt mit einem Hauch Moder, der garantiert von den Pilzen stammte.

„Dann wollen wir mal“, sagte ich laut, um mir selbst Mut zu machen, und stemmte mich hoch.

„Wollen was? Wollen tollen? Wollen durch die Wiese rollen?“ Keckerndes Gelächter schallte mir entgegen. Im nächsten Moment sauste jemand an mir vorbei und stupste mich in den Bauch. Weil ich das Kräuterbuch unter der Jacke stecken hatte, gab es ein dumpfes Geräusch.

„Was hast du da?“, krähte ein Stimmchen irgendwo im hohen Gras. „Ziegelstein verschluckt?“

„Das ist ihr geheimer Futtervorrat!“, ertönte es ein paar Meter weiter. „So klingt nur ’ne Tafel Schokolade beim Draufklopfen!“

„Wieso klopfst du auf Schokolade, du Kartoffelschädel? Glaubst du vielleicht, da sagt jemand Herein?“

Die Kobolde gackerten vergnügt durcheinander. Ihr

Gelächter verwandelte sich allerdings in ein Stöhnen, als ich den Reißverschluss öffnete.

„Pöh, ein Buch! Ein Wörterfluch mit Staubgeruch", ätzte einer von ihnen.

„Nur gut, dass wir uns heute schon einen Vorrat an Süß-

streu und Süßsoß besorgt haben", meinte ein anderer, der zufrieden grinsend zwischen den Grashalmen durchlugte.

Ich zog die Augenbrauen zusammen. „Süßstreu und Süßsoß?", wiederholte ich. „Meint ihr etwa Zucker und Honig? Dann habt *ihr* also die Zutaten aus der Bäckerei geklaut!"

Nun wagten sich immer mehr zottige Männlein aus ihren Verstecken. „Jawohl!", riefen sie stolz. „Das waren selbstverständlich wir. Die ollen Kratzbärte sind viel zu brav für so einen genialen Streich!"

Da erst fiel mir auf, dass ihre Haare noch etwas strubbeliger aussahen, als ich das von den Kobolden auf Patch Island gewohnt war. Die gehörten zum Clan der Feuerköpfe! Ich fand zwar nicht, dass meine vertrauten Kratzbart-Kobolde sonderlich brav waren, aber es stimmte: Die hatten bisher keine Süßigkeiten geklaut, sondern nur ausgesprochen hartnäckig darum gebettelt. Mühsam verkniff ich mir, den Feuerköpfen zu erklären, was ich von ihrem Streich hielt. Wenn man Koboldein etwas verbieten wollte, erreichte man leider meistens das genaue Gegenteil. Stattdessen sagte ich: „Mir sind früher nie Feuerköpfe auf Patch Island begegnet. Seid ihr bisher nur in der Feenwelt geblieben oder habt ihr einen anderen Ort in der Menschenwelt besucht?"

„Wir hatten ein anderes Revier, ja, aber da können wir nicht mehr hin", quäkte einer der Feuerköpfe.

„Wieso nicht? Was habt ihr denn dort angestellt?", bohrte ich nach, aber die Kobolde taten, als hätten sie mich nicht gehört. Unbeirrt plapperten sie weiter: „Patch Island finden wir aber auch nicht übel. Gibt kein Gewinsel über diese Insel!"

„Ein nettes Örtchen mit guten Törtchen."

„Und auch recht fein ist das … Gasthäuselein", reimte ein Kobold etwas holprig, was bei den anderen zu Gelächter führte. Dafür bedankte er sich mit ein paar saftigen Knüffen.

Ich beschloss, die Kobolde so wenig wie möglich zu beachten und mich lieber auf meine Suche nach den Kräutern zu konzentrieren. Bei den vielen Pflanzen, die hier wuchsen, würde das sowieso eine ganze Weile dauern.

Während die Feuerköpfe einander im Zickzack über die Lichtung jagten, stapfte ich nach vorne gebeugt umher und verglich immer wieder einzelne Kräuter mit den Skizzen in Eileens Buch. Die Feenhundmäulchen mit ihren auffällig gezackten Blättern hatte ich schnell gefunden, aber diese verflixte Leuchtrose war nirgends zu entdecken.

„Hey, seht ihr hier irgendwo eine Pflanze mit lilaroten Blüten, die leuchten können?“, fragte ich, bekam aber keine Antwort. Jetzt erst fiel mir auf, wie still es um mich herum geworden war. Diese frechen Feuerköpfe waren doch tatsächlich davongeschlichen! Wieso hatten die es auf einmal so eilig gehabt? Unschlüssig drehte ich den Strauß Feenhundmäulchen zwischen meinen Fingern und überlegte, ob ich im gruseligen Wald weitersuchen sollte – da ertönte hinter den Bäumen eine Stimme. Aber keine halb krächzende, halb quietschende Stimme wie die eines Kobolds. Es war eher ein Säuseln, bei dem mir ein kalter Schauer den Rücken hinunterlief.

„Habt ihr das gehört?“, fragte die Stimme. „Das müssen diese unsäglichen Kobolde gewesen sein.“

Schritte näherten sich, während ich wie festgefroren stehen blieb. *Nocturno!* Von allen Fabelwesen musste mir jetzt ausgerechnet dieser unsympathische Nachtelf über den Weg laufen? Das war ja wohl rekordverdächtiges Pech! Im letzten Moment schaffte ich es, hinter einem Strauch in Deckung zu gehen. Mit pochendem Herzen spähte ich zwischen den Zweigen hindurch und sah, wie Nocturno auf die Lichtung trat. Er war in Begleitung zweier Feen, die beide noch sehr jung wirkten und hellblonde Haare hatten. Aber während die eine ihr Haar als lange, offene Wallemähne trug, wie das bei Feen üblich war, hatte die andere es zu vielen kleinen Zöpfen geflochten. Außerdem trug sie kein Kleid, sondern eine Latzhose! Okay, die schien aus Gras, Blättern und Gänseblümchen gemacht zu sein, aber es war trotzdem ein ungewöhnlicher Anblick.

„Ich weiß nicht, Onkel Noc", trällerte sie, pflückte eine Löwenzahnblüte und steckte sie sich hinters Ohr. „Manche Kobolde finde ich schon lustig."

„Sie sind nicht lustig, sondern undiszipliniert", entgegnete Nocturno scharf. „Ständig besuchen sie die

Menschenwelt, auch wenn sie gar nicht krank sind, und riskieren mit ihren Streichen, von den Menschen entdeckt zu werden!“

„Aber ist das hier nicht das Portal nach Patch Island?“, wandte die Zöpfchenfee ein. „Dort wissen die Menschen jetzt sowieso Bescheid, nicht wahr?“

Nocturno schwieg einen Moment. Vermutlich war er nicht gerade entzückt darüber, von seiner Nichte korrigiert zu werden. „Ach ja“, sagte er dann gedehnt. „Die Heimat dieses verwirrten Pookamädchens.“

Hinter dem Busch runzelte ich empört die Stirn. Verwirrt?! Na schön, ich wusste manchmal nicht genau, welcher Wochentag gerade war. Aber sobald ich Kathleens Tagestorte sah, hatte sich das wieder erledigt!

Die Fee mit den offenen Haaren, deren Kleid aus Farnblättern bestand, schlug heftig mit ihren schimmernden Flügeln. „Das Pookamädchen hat doch jahrelang nicht begriffen, dass sie ein Fabelwesen ist, oder?“, fragte sie und es klang, als hielte sie mich für vollkommen bescheuert.

„Allerdings“, bestätigte Nocturno kopfschüttelnd. „Ich frage mich wirklich, ob unsere kranken Schwestern und Brüder bei ihr in guten Händen sind. Wahrscheinlich wäre es besser gewesen, sie hätte nie von ihren Kräften erfahren. Vermenschlichte Geschöpfe wie sie können wir hier nicht gebrauchen."

Die Zöpfchenfee hatte inzwischen begonnen, eine Kette aus Löwenzahnblüten zu flechten. „Also", sagte sie und flatterte von einer Blüte zur nächsten, „ich sehe das …" Sie verstummte so plötzlich, als wäre ihr eine Fliege in den Hals geschwirrt.

„Was?", fragte Nocturno ungeduldig. „Felicity, was ist denn?"

Auch ich beugte mich ein wenig vor, um die Fee besser in den Blick zu bekommen – und schreckte zurück. Denn das, was Felicity entdeckt hatte, war ich.

10. KAPITEL

Felicity

Die fliederfarbenen Augen der Fee waren so groß geworden, dass ich fast glaubte, mich in ihnen spiegeln zu können. Verblüfft starrte sie mich durch eine Lücke zwischen den Blättern an.

Nocturno wartete noch einen Moment, dann begann er, mit energischen Schritten in meine Richtung zu gehen. „Junge Dame, ich warne dich“, sagte er, „wenn das wieder einer deiner albernen Scherze sein soll …!“ Drohend ließ er das Ende des Satzes in der Luft hängen und ich krümmte mich hinter dem Busch zusammen. Wenn er schon so streng mit seiner Nichte umging, wie würde er dann erst auf mich reagieren? Ein Mitglied des Hohen Rates heimlich zu belauschen, verstieß sicher gegen irgendein Fabelwesen-Gesetz! Und selbst wenn nicht – Nocturno schien nicht gerade mein größter Fan zu sein. In Gedanken sah ich mich schon mit Wurzeln statt Füßen und einer Nase voller Bohnenranken, da rief Felicity plötzlich: „Eine Vision! Ich glaube, ich kann gerade zum allerersten Mal in die Zukunft blicken!“

Die andere Fee stieß ein ungläubiges Quietschen aus. „Ausgerechnet *du* bist schon hellsichtig?“

„Das kommt mir auch ungewöhnlich früh vor“, meinte Nocturno, aber er war stehen geblieben. „Was zeigt dir denn deine Vision?“

„Ein … äh, Reh. Ein Reh, das sich schlotternd im Unterholz versteckt!“

„Rehe schlottern nicht“, sagte die andere Fee spitz, aber man hörte ihr trotzdem an, dass sie beeindruckt war. Ich, das schlotternde Reh, war es ebenfalls. Eigentlich hatte ich gedacht, Feen würden einander nie belügen, doch Felicity schien ein besonderer Fall zu sein.

„Ich muss dringend eine Prophezeiung formulieren“, sagte sie, schaute sich schnell um und pflückte dann ein riesiges Blatt. „Dafür brauche ich aber ein bisschen Ruhe. Mal überlegen, was reimt sich auf *ängstlich erstarrt*? Ähm, *gänzlich behaart*?“

„Vielleicht solltest du dich wirklich etwas mehr konzentrieren“, entgegnete Nocturno säuerlich. „Komm, Adelinda, wir lassen deine Cousine für eine Weile allein.“ Er wirbelte herum, sodass sein finsterer Umhang sich bauschte, und marschierte zum Wald. Adelinda flatterte ihm nach einem letzten neidischen Blick auf Felicity hinterher. Als die beiden zwischen den Bäumen verschwunden waren, schloss ich die Augen und atmete vor Erleichterung tief durch.

„HEY!“

Ich riss die Augen wieder auf und wäre beinahe rücklings ins Gras gekippt. Felicity hatte den Busch lautlos umrundet. Jetzt hockte sie direkt vor mir, die Augenbrauen eng zusammengeschoben, und durchbohrte mich regelrecht mit ihrem Blick.

Verdattert rutschte ich ein bisschen nach hinten. „Oh, hey. Ich bin Ruby. Danke, dass du mir geholfen hast, das war echt …“

„Vielleicht hätte ich das lieber nicht tun sollen“, fauchte sie mich an. „Wo hast du das her, du diebische Elster?“

„D…die Feenhundmäulchen?“, stotterte ich.

„Drachendreck, ich spreche natürlich von dem hier!“ Anklagend zeigte die Fee auf das Kräuterbuch, das ich die ganze Zeit an meine Brust gedrückt hatte. „Zufällig weiß ich, dass das eigentlich einem Menschenmädchen namens Eileen gehört!“

„Einem *Mädchen*?“, wiederholte ich und versuchte, unauffällig noch weiter von Felicity abzurücken. Das war allerdings gar nicht so einfach, weil ich ja gleichzeitig das Buch und den Strauß Kräuter umklammert hielt. „Also, soweit ich weiß, wurde Eileen etwa sechzig Jahre alt!“

Von einer Sekunde auf die andere verschwand die Angriffslust aus Felicitys Gesicht. Stumm saß sie da und bewegte die Lippen, als versuchte sie, etwas auszurechnen. „Oh“, sagte sie dann bestürzt und senkte den Kopf. „Ich hab gar nicht bedacht, wie viel Zeit vergangen ist. Wir Unsterblichen verlieren da leicht den Überblick … Hoffentlich hatte Eileen ein wundervolles Leben.“

„Ich glaube schon“, antwortete ich vorsichtig. „Jedenfalls hat sie mit einer ganz wundervollen Tochter zusammengelebt – nämlich mit meiner Nana."

Felicitys Kopf flog hoch. „Du bist Eileen Collins' Urenkelin? Wirklich wahr? Ach, das ist ja flattertastisch!", jubelte sie und warf mir die Arme um den Hals. Sie roch nach blühendem Ginster und ihre Zöpfe kitzelten mich an den Wangen. Obwohl ich immer noch völlig durcheinander war, konnte ich gar nicht anders, als zu lächeln.

„Na ja, eigentlich bin ich nicht wirklich mit ihr verwandt. Eileens Tochter ist meine Pflegemutter", gestand ich, nachdem Felicity mich wieder losgelassen hatte.

Mit einer schnellen Geste wischte sie diese Bemerkung beiseite. „Spielt keine Rolle! Ich bin einfach so blümlich, dass ich von dir noch etwas über Eileen erfahren kann", erklärte sie strahlend und ich nahm an, dass *blümlich* ein Feenwort für glücklich war. „Sie und ich waren einmal sehr eng befreundet, weißt du? Sie war das Lehrmädchen einer alten Kräuterfrau, die wir zusammen mit sechs anderen in unsere Welt holten. Nach und nach wollten all diese Frauen wieder nach Hause, aber Eileen hat sich meinetwegen dazu entschlossen, hierzubleiben. Um ihr

Heimweh zu stillen, haben wir viele Ausflüge in die Menschenwelt gemacht. Eileen hat mir dafür extra einen großen Pullover gestrickt, unter dem ich meine Flügel verstecken konnte."

„So einen langen schwarzen …?", riet ich und Felicity riss überrascht die Augen auf.

„Woher weißt du das?"

„Den Pullover gibt es immer noch", sagte ich. „Eileen hat ihn wohl ihr Leben lang in Ehren gehalten."

„Ach, die Süße." Felicity seufzte so tief, dass ihre silbrigen Flügel wackelten. „Leider hat sie bei einem unserer Ausflüge jemanden kennengelernt. Einen Menschenkerl, der ihr dermaßen gut gefiel, dass sie wahrhaftig mit ihm *leben* wollte!" Sie rümpfte die Nase, so als hätte ihre Freundin beschlossen, ihr Leben mit einem alten Gummistiefel zu verbringen.

„Der hat sie wohl bald wieder verlassen. Nana wurde von ihrer Mam alleine großgezogen", erwiderte ich.

„Wenn ich das gewusst hätte!" Traurig schüttelte Felicity den Kopf. „Wir hatten am Ende einen bösen Streit, weil ich so eifersüchtig war. Danach haben wir uns nie mehr gesehen. – Aber *dich* sehe ich jetzt!", fügte sie hinzu und ihre Miene hellte sich wieder auf. „Dich mit deinem flattertastischen Strubbelhaar und den ulkigen Menschenkleidern und … dem Büschel Grünzeug in der Hand." Irritiert musterte sie die Feenhundmäulchen. „Hör mal, so geht Blumenpflücken nicht", belehrte sie mich dann. „Du musst Pflanzen mit *Blüten* auswählen, verstehst du? Und mit verschiedenen Farben!"

Nur mühsam konnte ich mir das Lachen verkneifen. Blumenpflücken schien für Feen eine ausgesprochen ernste Angelegenheit zu sein. „Ich sammle eigentlich Kräuter, um eines von Eileens Rezepten auszuprobieren", erklärte ich. „Deswegen bin ich hierhergekommen, aber Leuchtrosen kann ich einfach nicht finden."

„Natürlich nicht", sagte Felicity. „Die Leuchtrose ist keine von unseren Pflanzen. Sie wächst bei den Menschen, und zwar nur rund um den Eingang zur Feenwelt."

„Das wäre mir doch aufgefallen", entgegnete ich, aber gleich danach dämmerte mir etwas. „Verflixt, das Portal befindet sich mitten auf einer Weide! Wahrscheinlich haben die Schafe alle Leuchtrosen weggefressen!"

„Das schadet ihnen nicht", beruhigte mich Felicity. „Könnte nur sein, dass ihre Köttel danach – nun ja, im Dunkeln nicht zu übersehen sind. Aber ärgere dich doch nicht über ein bisschen leuchtende Schafkack…"

„Darum geht es nicht!“, unterbrach ich sie und zog enttäuscht die Schultern hoch. „Wo soll ich denn jetzt die Blumen für das Rezept herbekommen?“

„Ach so! Wenn's weiter nichts ist.“ Felicity sprang auf und begann, in Richtung der riesigen Bäume zu flattern. Kurz überlegte ich, ob ich ihr folgen sollte – schließlich wartete Noah auf mich und er fragte sich bestimmt schon, wo ich so lange blieb. Aber dann entschied ich, dass ich diese Chance nutzen musste. Feen taten einem normalerweise nur einen Gefallen, wenn man ihnen irgendetwas dafür versprach: Gold, ewige Treue, ein erstgeborenes Kind oder so. Dass Felicity sich einfach bereit erklärte, mir zu helfen, war eine große Ausnahme. Also klemmte ich mir das Kräuterbuch fest unter den Arm und rannte ihr hinterher.

11. KAPITEL

Portale über Portale

Moment mal! Hast du mich etwa die ganze Zeit im Kreis geführt?“ Felicity und ich waren schon eine ganze Weile im Feenwald unterwegs gewesen, aber die Lichtung, die sich nun vor uns erstreckte, kam mir eindeutig bekannt vor. Die bunten Blumen, die riesigen Pilze … das alles sah ganz genauso aus wie die Wiese rund um das Portal. Noch bevor Felicity antworten konnte, fielen mir allerdings auch Unterschiede auf: Diese Lichtung wirkte deutlich größer und ich entdeckte nicht nur einen dunklen Fleck im Gras, sondern zwei.

„Solche Orte gibt es viele im Wald“, erklärte Felicity und ließ sich auf einem Pilz nieder. Dass er unter ihrem Gewicht mit einem leisen *Pffft* zusammenschrumpfte, schien sie nicht zu stören. „Die Portale hier führen zu den beiden größten Städten Irlands: Dublin und Cork.“

Ungläubig starrte ich sie an. „Willst du damit sagen, wir könnten jetzt von hier einfach so an die Ostküste oder in den Süden reisen? Dort bin ich noch nie gewesen!“, hauchte ich und merkte im selben Moment, dass das ein bisschen dämlich war. Ich hatte zwar noch keine weiten Reisen durch Irland unternommen, aber gerade befand ich mich in einer anderen *Welt!*

Langsam trat ich näher an das rechte Portal heran und warf Felicity über die Schulter hinweg einen Blick zu. „Kommst du mit nach Dublin? Nur kurz!“

„Ich hab jetzt nichts zur Tarnung“, erwiderte sie zögernd. Dann kam sie neben mich geflattert und fügte hinzu: „Aber in großen Städten wundern sich die Leute sowieso über kaum etwas. Also los!“ Sie legte mir einen Arm um die Schultern, als wären wir seit Jahren befreundet, und schlug heftig mit den Flügeln. Wie von einem starken

Wind wurde ich nach vorne gedrückt, mitten in den dunklen Kreis.

Das Nächste, was ich sah, war ein Zwerg. Er stand mit seiner Schubkarre direkt neben mir und sah mich aus riesigen Glupschaugen an. Erst nach ein paar Sekunden merkte ich, dass es sich dabei um einen Gartenzwerg handelte und dass ich nicht mehr von den riesigen Pflanzen der Feenwelt umgeben war. Stattdessen lag ich auf einer ganz gewöhnlichen Wiese, die nur drei Meter weit bis zu einem Zaun reichte. Als ich den Kopf in die andere Richtung drehte, sah ich ein Reihenhaus mit blitzblauer Tür und einem geblümten Namensschild daran.

Leider befand sich direkt neben dieser netten Tür ein offenes Fenster und dahinter stand eine Frau, die kein bisschen nett aussah. Bei unserem Anblick drehte sie sich um und kreischte: „Schatz! Komm schnell! Da sind schon wieder Leute in unserem Vorgarten!"

Zum Glück schien es ihr Schatz nicht besonders eilig zu haben. Während sie auf ihn wartete, keifte die Frau uns an: „Raus mit der Sprache! Was habt ihr hier zu suchen?"

„Äh, unser Haustier", stammelte ich, während ich mich bemühte, Felicity so gut wie möglich vor den Blicken der Frau abzuschirmen. „Das ist uns nämlich weggelaufen."

„Und es versteckt sich im kurzen Gras?!“, fragte die Frau höhnisch.

„Ja, es ist nämlich … ein Regenwurm.“

„Wurmbert“, ergänzte Felicity hinter mir. „Wir nennen ihn Wurmi, und …“

„… wir lieben ihn sehr“, schloss ich.

Seltsamerweise wirkte die Frau nicht überzeugt. „SCHATZ!“, kreischte sie wieder und stürmte davon – wahrscheinlich, um ihren Ehemann höchstpersönlich ans Fenster zu schleifen. Kaum war sie verschwunden, warfen Felicity und ich uns wieder durchs Portal. Wir landeten mit solchem Schwung auf der Lichtung, dass wir noch ein Stück weiterrollten. Dann schauten wir einander an und prusteten los.

„Meinen ersten Ausflug in die Hauptstadt hab ich mir ein bisschen anders vorgestellt“, sagte ich, als ich wieder Luft bekam.

„Ja, tut mir schrecklich leid, dass wir Wurmbert nicht finden konnten“, kicherte Felicity. „Aber dafür habe ich das hier.“ Triumphierend reckte sie mir ein kleines Büschel unscheinbarer Blumen entgegen. Sie waren eher bräunlich als rot und sahen kein bisschen so aus, als hätten sie den Namen *Leuchtrose* verdient. Als Felicity meinen zweifelnden Blick bemerkte, erklärte sie: „Die leuchten nur für Menschen, die eine Einladung in die Feenwelt bekommen haben. Glaub mir, es sind die richtigen!"

„Alles klar." Dankbar steckte ich die Blumen zu meinem Kräuterstrauß, den ich die ganze Zeit umklammert hatte, und stand auf. „Jetzt hoffe ich bloß, dass sie ausreichen."

„Wir können ja noch mehr beschaffen", sagte Felicity vergnügt und packte mich an der Hand. „Los, spring!"

Mit einem Ruck zog sie mich nach vorne und wir machten gemeinsam einen Satz ins andere Portal. Einen Augenblick später lagen wir bäuchlings im Gras – immer noch auf derselben Lichtung.

Felicity setzte sich auf und schüttelte ihre Flügel. „Hoppla! Dieser Ausgang ist wohl gerade blockiert."

„Wieso das denn?", fragte ich, während ich die verstreuten Kräuter einsammelte.

„Vielleicht steht ein Fuhrwerk darauf", sagte Felicity, „oder ein Automobil. Ich war lange nicht mehr in der Menschenwelt, aber von denen soll es mittlerweile in den Städten recht viele geben, nicht wahr?"

Ich musste mir ein Grinsen verkneifen. Bisher hatte ich das Gefühl gehabt, als wäre Felicity in meinem Alter, doch jetzt merkte man ihr die Unsterblichkeit deutlich an. Uff, ich hatte gerade mit der besten Freundin meiner *Urgroßmutter* herumgealbert! Zum Glück war ich an Seltsamkeiten in meinem Leben gewöhnt.

Felicity riss mich aus meinen Gedanken, indem sie mir mit einem schnellen Flattern die Haare durcheinanderwirbelte. „Na, wollen wir noch ein anderes Portal ausprobieren?"

Bedauernd schüttelte ich den Kopf. „Ich muss jetzt nach Hause, mein Freund Noah macht sich bestimmt schon Sorgen um mich. Aber ich komme bald wieder vorbei, okay? Immerhin müssen wir ja noch Wurmbert finden!"

„Auf jeden Fall. Der gute Wurmi vermisst uns bestimmt ganz fürchterlich." Felicity zwinkerte mir zu und mir wurde bewusst, dass ich schon wieder einer Fee ein Versprechen gegeben hatte. Allerdings machte ich mir deshalb überhaupt keine Sorgen, im Gegenteil. Ich freute mich riesig auf unser nächstes Treffen!

„Wie kann ich dir denn Bescheid geben, wenn ich hier bin?", fragte ich.

Felicity drehte nachdenklich an einem ihrer Zöpfchen, dann leuchteten ihre Augen auf. „Nichts leichter als das!" Sie rupfte vom Träger ihrer Latzhose ein Blatt, das zu einem Trichter gerollt war, und hielt es mir entgegen.

Verständnislos schaute ich es an. „Kann man das essen?"

„Nein, Rubylein, zu diesem Blatt gehört das hier", sagte Felicity belustigt und zog eine stachelige Blüte aus ihrer Hosentasche. „Onkel Noc war der Meinung, dass ich mich zu oft mit Kobolden unterhalte und ihre unfeine Sprache übernehme. Deswegen hat mich der Hohe Rat dazu verdonnert, immer eine Warndistel mit mir herumzutragen. Wenn mir ein Fluch entschlüpft, werde ich von dem fiesen Ding gepikst."

„Was für eine nette Idee", murmelte ich und verdrehte die Augen.

„Tja, Nettigkeiten sind nicht unbedingt eine Spezialität des Hohen Rats. Aber jetzt können wir das zu unserem Vorteil nutzen: Ich werde den Lauschtrichter auf der

Lichtung liegen lassen – hoffen wir mal, dass mich in nächster Zeit niemand vom Hohen Rat kontrolliert. Wenn du ein Schimpfwort in den Trichter sagst, weiß ich gleich, dass du hier bist!“

„Flattertastisch“, sagte ich, was Felicity ein glockenhelles Kichern entlockte. Dann nahm sie meine Hand und gemeinsam machten wir uns auf den Rückweg zum Portal nach Patch Island.

12. KAPITEL

Glibber aus dem Hexenkessel

Weißt du, woran mich das erinnert?", fragte Noah am späten Nachmittag, als wir allein in der Küche standen. „An dieses grüne Zeug, das sie immer in Filmen verwenden, wenn ein besonders ekliges Wesen vorkommt. Trollrotz. Alienschleim. Monsterglibber."

„Hör auf, meine Kochkünste zu kritisieren!" Verbissen rührte ich weiter in der Kräutermischung, die wir – genau, wie es im Rezept stand – *schonend erwärmten.* Insgeheim musste ich Noah recht geben: Besonders appetitlich sah die Mischung nicht aus. Nachdem wir ein paar der Kräuter kleingeschnitten und in Wasser gelegt hatten, waren sie zu einem zähflüssigen Brei geworden, der beim Rühren schmatzende Geräusche von sich gab.

„Hoffentlich hat dir diese Felicity keine falschen Blumen angedreht“, sagte Noah. „Das wäre doch typisch.“

„Ja“, gab ich zu. „Die meisten Feen finden es toll, jemanden an der Nase herumzuführen. Aber Felicity kam mir ganz anders vor!“

„Wenn du dich da mal nicht täuschst ... Immerhin dachtest du am Anfang auch, Mr Bennet wäre nett“, erinnerte mich Noah.

Verwundert schaute ich hoch. „Was ist denn heute mit dir los? Normalerweise bin ich doch diejenige, die sich zu viele Sorgen macht!“

„Stimmt. Sorry. Das ist der hübscheste Alienschleim, den ich je gesehen habe. Es wird schon alles klappen.“ Noah wischte sich über die Stirn. Mir fiel auf, dass er Ringe unter den Augen hatte und blasser wirkte als sonst.

„Wäre jedenfalls gut, wenn hier mal wieder was glattlaufen würde“, fügte er hinzu. „Auf noch mehr Stress kann ich ehrlich gesagt verzichten.“

Vor Schreck wäre mir beinahe der Kochlöffel in den Glibber geplumpst. Meinte Noah das ernst – wollte er etwa von hier weg?! Der Gedanke schnürte mir die Kehle zusammen. Nein, bestimmt war er einfach nur nervös wegen unserer Mission!

„Ihr Lieben?", schallte Nanas Stimme durch den Flur. „Ich muss mal schnell ins Inselzentrum, Brenda hat schon wieder Ärger mit den Fabelwesen. Anscheinend probieren ein paar Todesfeen im *Graham's Inn*, wer am lautesten Klagelieder singen kann. Kommt ihr mit euren Schulaufgaben zurecht?"

Hastig warf ich den Deckel auf den Topf. „Ja, alles super!", rief ich zurück. „Prozentrechnungen finde ich toll!"

Nana lachte. „Haltet durch", sagte sie, dann schloss sie die Haustür hinter sich.

Ich wandte mich wieder zum Herd und stellte fest, dass die Masse sich noch mehr verdickt hatte. Oben schwamm dafür eine dünne, schillernde Flüssigkeit, genau wie es im Rezept beschrieben war. Perfekt! Trotzdem fühlten sich meine Finger vor Aufregung eiskalt an, als ich nach der Schöpfkelle griff. Mit der anderen Hand hielt ich das Sprühfläschchen hoch, das Flynn vor seiner Abreise hier liegen gelassen hatte. Mein Bruder hatte darin immer ein bisschen Meerwasser mit sich herumgetragen, doch nun, da wir unsere Wandlerfähigkeiten unter Kontrolle hatten, brauchte er es nicht mehr. Vorsichtig schöpfte ich die Flüssigkeit hinein, dann schraubte ich das Fläschchen zu und steckte es in die Hosentasche.

Mit schief gelegtem Kopf schaute ich Noah an. „Jetzt wäre die perfekte Gelegenheit, das Mittel auszuprobieren – solange Nana beschäftigt ist. Sagst du Winnie, dass Orin ihre Hilfe braucht?“

„Okay, aber zuerst beseitige ich unsere Spuren.“ Noah fegte die übrig gebliebenen Kräuter zusammen, stopfte sie in die Bauchtasche seines Sweaters und verließ die Stube. Inzwischen hatte ich Orins Nummer in dem kleinen Notizbuch gefunden, das neben unserem Telefon lag. Ich wählte sie und hielt dann unwillkürlich den Atem an, bis der Bauer sich meldete.

„Hallo, Ruby hier“, sagte ich schnell. „Winnie möchte noch einmal all ihre Patienten besuchen, ehe sie abreist. Sie schaut gleich für einen Gesundheitscheck bei deinem

Schafbock vorbei!“ Noch bevor Orin irgendwelche Fragen stellen konnte, legte ich auf und flitzte zur Haustür. Als ich sie öffnete, sah ich Winnie schon den Hof überqueren, ihre Arzttasche unter den rechten Arm geklemmt.

Noah kam mit etwas Abstand ebenfalls aus der Praxis. Gemeinsam warteten wir, bis die Tierärztin einen größeren Vorsprung gewonnen hatte, dann schlichen wir hinterher.

Als wir um die letzte Kurve bogen, sahen wir Orin und Winnie bereits auf der Weide stehen. Orin hielt den Schafbock fest, damit Winnie ihn untersuchen konnte. Hastig duckten wir uns und schlichen näher an die niedrige Steinmauer heran.

„Und Johnny hat heute gehustet?“, hörten wir Winnie fragen.

„Hm“, machte Orin. „Kann sein. Der macht viel, wenn der Tag lang ist.“

„Aber Sie wollten, dass ich ihn mir mal ansehe?“, hakte Winnie nach und klang jetzt ebenfalls verwirrt.

„Nö“, brummte Orin. „Nich’ unbedingt.“

Länger konnte ich das nicht mitanhören – da hatten ja sogar Brenda und der alte Fergus mehr Spaß zusammen! Vorsichtig krabbelte ich an der Mauer entlang, während ich das Fläschchen einsatzbereit in die Höhe reckte. Sobald ich das Gatter erreicht hatte, zielte ich genau auf Orins und Winnies Beine. Einmal holte ich noch tief Luft, dann presste ich meinen Zeigefinger auf den Sprühknopf. Kaum war die Flüssigkeit aus der Öffnung gezischt, kroch ich eilig rückwärts, bis ich gegen Noah prallte.

Einige Sekunden lang passierte gar nichts. Dann hörte ich ein lautes Schnüffeln und Orin fragte: „Was riecht denn hier so komisch?"

„Keine Ahnung", sagte Winnie, „Schafe haben natürlich einen gewissen Eigengeruch, aber …" Sie unterbrach sich und japste nach Luft. „Vorsicht, der Bock!"

„Haaaalt!", brüllte Orin, da flog auch schon das Weidentor auf und Johnny preschte mit gesenktem Kopf hindurch. Ich kullerte erschrocken zur Seite, doch zum Glück achteten Orin und Winnie gar nicht auf mich. Gemeinsam rannten sie dem Bock hinterher, der wie eine gehörnte

Rakete den Weg entlangsauste. An der nächsten Biegung verschwanden die drei und man hörte nur noch Orins leiser werdendes Fluchen.

Noah und ich sahen einander an.

„Tja", sagte Noah, „*wenn* dieses Treffen erfolgreich war, dann vermutlich nur für Johnny."

Jammernd ließ ich den Kopf auf meine Knie fallen. „Wie konnte das bloß passieren?"

„Ich schätze, Winnie hat das Tor nur angelehnt", meinte Noah. „Aber wir hätten uns sowieso nicht einbilden dürfen, dass ein bisschen versprühter Kräutertee irgendwas bewirkt."

Gerne hätte ich etwas Aufmunterndes erwidert, aber mir fiel beim besten Willen nichts ein. Aus Erfahrung wusste ich, wie nervig es war, Johnny hinterherzujagen. Nach diesem Erlebnis freute sich Winnie vermutlich nur noch mehr, bald wieder daheim in Merrymill zu sein und ihre Ruhe zu haben.

Schweigend hockten wir eine Weile im Gras, dann sagte Noah plötzlich: „Hey, wegen der Fernschule und … na ja, dass ich gemeint habe, ich würde hierbleiben …"

Von einer bösen Ahnung gepackt, hob ich den Kopf. „Ja?"

Noah zögerte einen Moment, der mir quälend lange vorkam. „Also", sagte er endlich gedehnt, „ich bin nicht sicher, ob …" Wieder verstummte er und ich hätte ihn am liebsten geschüttelt, damit er weitersprach. Dann erkannte ich, was ihn unterbrochen hatte: Zwei Gestalten kamen auf uns zu – Gestalten, die sehr mitgenommen aussahen. Winnie wirkte verheult und Orin war krebsrot im Gesicht. Den Schafbock zog er an einem Horn neben sich her.

„Winnie! Wir … wir wollten dich zum Abendessen einladen, weil du doch morgen abreist", stammelte ich, als die beiden schwer atmend vor uns anhielten.

„Ich fürchte, das wird nicht möglich sein", sagte die Tierärztin gepresst. „Ich sollte mich dringend umkleiden."

„Ach komm. Ein bisschen Schafsmist hat noch keinem geschadet", sagte Orin – dann prusteten die beiden los.

Staunend klappte ich den Mund auf. Die kleine, ernste, schüchterne Winnie kicherte wie eine ausgelassene Fee und Bauer Orin hielt sich den Bauch vor Lachen! „… im Matsch ausgerutscht …", konnte ich zwischen ihrem Gackern und Glucksen verstehen, „… den Hügel hinuntergerollt …" und: „Johnny hat uns einen Gruß hinterlassen."

Es dauerte eine Weile, bis sie sich wieder beruhigt hatten. Während Noah und ich immer noch wie vom Donner gerührt dasaßen, atmete Winnie tief durch, wischte sich die Lachtränen von den Wangen und erklärte: „Kinder, eure Idee ist sehr nett, aber wir müssen das verschieben. Orin hat mich eingeladen, ihm bei der Entwicklung einer sicheren Weide zu helfen. Einer Weide, die so schön ist, dass Johnny gar nicht mehr davonlaufen *will*! Und weil ich schon immer eine besondere Vorliebe für Schafe hatte, möchte ich die Einladung gerne annehmen."

„Das heißt, du bleibst noch länger auf Patch Island?", platzte ich heraus.

Winnie lächelte Orin schelmisch an. „So eine Spezialweide ist eine komplizierte Sache, nicht wahr?"

„Jau", sagte Orin, drängte Johnny durch das Gatter und schob hastig den Riegel vor. „Das dauert hoffentlich … äh, sicherlich eine Weile. Aber lass uns doch im Haus weiter darüber reden!" Galant bot er Winnie den Arm und die beiden spazierten Seite an Seite davon.

13. KAPITEL

Ein neuer Plan

Das Gerücht, dass Winnie nun doch nicht abreisen wollte, sprach sich in Windeseile auf Patch Island herum. Noch am selben Abend klingelte das Telefon, und als ich abhob, drang mir Tratschtanten-Tildas Stimme ins Ohr.

„Ruby, Liebes“, zwitscherte sie, „Cormack fährt morgen zum Festland, weil er Zucker für Kathleen besorgen muss. Ich werde die Gelegenheit nutzen, um auch ein paar Dinge einzukaufen. Möchte deine Grandma vielleicht mitkommen? Ich meine, sofern die Tiere in der Zwischenzeit gut betreut wären …“

Obwohl ich Tilda schon mein Leben lang kannte, tappte ich prompt in ihre Falle. „Ja, wären sie“, sagte ich und die Antwort war ein aufgeregtes Quietschen.

„Hach, dann stimmt es also! Wie wundervoll!“, jubelte Tilda so laut, dass ich den Telefonhörer ein bisschen von

meinem Ohr weghalten musste. „Wie zauberhaft romantisch! Ich hab vorhin beim Gassigehen Liam am Hafen getroffen. Der wollte eine Runde mit seinem Motorboot fahren, um seinen Onkel und Winnie nicht bei ihrem Dinner zu stören!“

Ich grinste. Der arme Liam hatte diese Information sicher nicht freiwillig rausgerückt, schließlich war er genauso wortkarg wie Orin. Tratschtanten-Tilda musste ihn ganz schön ausgequetscht haben. „Winnie möchte erst mal hierbleiben“, gab ich zu. „Morgen reist sie jedenfalls noch nicht ab. Ich sag Nana wegen der Einkaufstour Bescheid, ja?“ Immer noch schmunzelnd legte ich auf und drehte mich um.

Nana stand mit hochgezogenen Augenbrauen direkt hinter mir. „Meine liebste, einzige Enkeltochter“, sagte sie, „kann es sein, dass du hier deine Finger im Spiel hattest?“

„Ich hab Winnie zu nichts überredet“, antwortete ich schnell. Obwohl das streng genommen nicht geschwindelt war, hatte ich ein unbehagliches Ziehen im Bauch. Allerdings war es gleich wieder verflogen, als Nana einen erleichterten Seufzer ausstieß. „Dann ist ja gut. Um ehrlich zu sein, bin ich wirklich froh über Winnies Entscheidung. Ich hätte mich sonst gar nicht getraut, morgen einkaufen zu fahren – in letzter Zeit passiert hier ja immer was, wenn ich weg bin! Dabei ist die Vorratskammer schon so gut wie leer und auch die Leckerchen sind alle …“

„Wuff?“ Schmuggel, der vor dem Kamin lag, hob alarmiert den Kopf. Wahrscheinlich hatte er nur *Leckerchen* verstanden, aber Nana und ich mussten lachen.

„Keine Sorge, mit Winnies Hilfe kommen wir schon einen Tag allein zurecht“, sagte ich. „Warte, ich frag schnell Noah, ob er was Spezielles braucht!“ Fröhlich stürmte ich ins obere Stockwerk und riss die Tür zum ehemaligen Wäschezimmer auf.

Noah, der umgeben von Zetteln und Büchern auf seiner Matratze saß, fuhr herum. „Was ist denn?!“

Verdattert blieb ich an der offenen Tür stehen. „Ich

wollte nur fragen, ob Nana dir morgen was vom Festland mitbringen soll", sagte ich und ärgerte mich, dass meine Stimme so dünn klang.

„Ich brauch nichts. Und jetzt lass mich bitte in Ruhe, okay?" Wie um seinen Satz zu unterstreichen, fegte Noah eines der Bücher von seiner Matratze. Polternd landete es auf dem Boden und ich wich zurück. Dann schloss ich hastig die Tür und lief in mein Zimmer. Meine Freude darüber, dass unser Plan funktioniert hatte, war wie weggeblasen. Was, um Himmels willen, stimmte denn nicht mit Noah? Hatte er die viele Arbeit und den Stress auf Patch Island wirklich schon so satt, dass es ihm hier nicht mehr gefiel?

Bis zum Einschlafen ging mir diese Frage ständig im Kopf herum und am nächsten Morgen war sie gleich wieder da. Mein Blick huschte mehrmals zu Noahs Platz, der während Nanas und meinem Frühstück leer blieb. Als wir fertig waren und Nana ihren Seesack mit Einkaufsbeuteln vollstopfte, konnte ich mich nicht länger zurückhalten. „Soll ich Noah fragen, ob er mit zum Hafen kommt?"

Nana winkte ab. „Lass mal. Ich bin ihm begegnet, als ich ins Badezimmer wollte. Da hat er sich schon verabschiedet und gemeint, dass er heute Morgen viel zu erledigen hat." Unbekümmert hakte sie die Leine in Schmuggels Halsband und ging ins Freie. Für einen irischen Herbsttag war es außergewöhnlich sonnig, aber das schöne Wetter konnte meine Laune nicht heben. Mit gesenktem Kopf trottete ich neben meiner Großmutter her und ähnelte dabei wahrscheinlich dem Ghul, der uns auf halbem Weg entgegenkam.

„Verschlingen, zerkauen – ganz langsam verdauen!", ächzte er.

„Dir auch einen herrlichen guten Morgen", sagte Nana und zog mich weiter in Richtung Hafen. Cormack saß bereits im Führerhäuschen seines Kutters und an der Reling standen ein paar einkaufsfreudige Inselbewohner: das Ehepaar Thompson, beide in quietschgelben Regenjacken; Mr O'Leary, der einen Pullover mit aufgestickten Hühnern trug; und Tilda mit ihrem Mops. „Tüdelüü!", rief sie und winkte uns mit Mr Murphys Pfote zu.

Hinter Cormacks Kutter lag wie jeden Montagmorgen das Postschiff vor Anker. Brenda Graham wollte gerade einen Sack voller Briefe und Pakete auf einen Karren laden, aber bei unserem Anblick hielt sie inne. „Cleo, du fährst auch weg?", fragte sie und sah Nana stirnrunzelnd an. „Lass dir doch von Cormack alles mitbringen, was du brauchst. Ich dachte, du solltest dich noch ein bisschen schonen!“

„Cormack hilft mir beim Tragen“, sagte Nana. „Aber ich kann nicht von ihm verlangen, alles in den Läden für mich zusammenzusuchen. Meine Einkaufsliste ist so lang, dass ich fast eine Rolle Klopapier dafür benutzen wollte!“

„Aber …“ Brenda zog verunsichert die Schultern hoch – eine Geste, die man bei ihr nur selten zu sehen bekam. „Was, wenn die Fabelwesen wieder Ärger machen, während du auf dem Festland bist? Nur du kannst die Kobolde bändigen und sogar die Feen haben ein bisschen Respekt vor dir!“

Beruhigend legte Nana ihr eine Hand auf den Arm. „Ich bin ja bald wieder da und notfalls kann auch Ruby für mich einspringen. Die kennt sich schon fast so gut aus wie ich!“

Ich nickte, aber Brenda wirkte nicht gerade überzeugt. Sie öffnete den Mund, um noch etwas zu sagen, da humpelte der alte Fergus an uns vorbei. „Brauch ’ne neue Hose“, grummelte er so vorwurfsvoll, als wäre das unsere Schuld. „Los jetzt, ehe ich’s mir anders überlege.“

Nana drückte mich kurz an sich, dann stieg sie auf den Kutter. Fröhlich winkte sie uns zu, während Cormack ablegte. Auch Brenda fuhr mit ihrem Karren los, machte dabei aber ein sehr düsteres Gesicht. Wie es aussah, blieb ich mit lauter schlecht gelaunten Menschen auf der Insel zurück!

Um mich abzulenken, unternahm ich mit Schmuggel einen langen Spaziergang und schaute dann auf der magischen Pflegestation vorbei. Dort erledigte ich alles, was Nana, Noah und ich normalerweise gemeinsam machten:

Ich verteilte Essen und Medikamente, machte den Patienten warme, kalte oder glibberige Umschläge, putzte die Wannen der Meerjungfrauen und schärfte den Kobolden ein, dass sie den Banshees keine Witze mehr erzählen sollten – denn alles Lustige galt für eine Todesfee als schwere Beleidigung.

Kaum war ich wieder zu Hause, klingelte das Telefon. „Süße?“, hörte ich undeutlich Nanas Stimme. „Ich fürchte, ich habe schlechte Nachrichten. Wir sind gut am Festland angekommen, aber der Kutter macht irgendwelche Mätzchen. Cormack ist ganz außer sich. Er tut, als wäre sein allerbester Freund schwer krank! Na ja, jedenfalls muss der Kutter repariert werden und das wird bis morgen dauern.“

„Das heißt, du kommst heute nicht nach Hause?“

„Nein, es geht leider nicht. Aber ich werde die Gelegenheit nutzen, um deine Mam und Flynn zu besuchen. Vielleicht kann ich ihnen ein bisschen dabei helfen, ihr neues Leben in Freiheit zu organisieren! Und ihr zwei macht euch heute einen schönen Abend, ja?“

In diesem Moment hatte ich einen Geistesblitz. „Ja, super“, sagte ich schnell. „Ich meine, nicht super, aber – kein Problem. Darf ich deinen Laptop benutzen?“

„Klar, viel Spaß mit *dem Google*“, sagte Nana und imitierte dabei Brendas Stimme. Sie lachte kurz, stockte dann aber und fügte hinzu: „Übrigens hab ich Brenda schon Bescheid gesagt, dass wir alle erst morgen zurückkommen. Sie hat etwas überzogen reagiert, lass dich bloß nicht von ihr verrückt machen.“

Ehe ich fragen konnte, was für eine Reaktion das denn gewesen war, brach die Verbindung ab. Sowieso hatte ich jetzt zu viel vor, um über Brenda nachzudenken. Ich flitzte in die Vorratskammer und durchstöberte die Regale, die tatsächlich so gut wie leer waren. Besonders unser Süßigkeitenfach sah aus, als hätten sich Kobolde darüber hergemacht, und natürlich hatten wir längst unseren ganzen Vorrat an Tiefkühlpizza aufgefuttert. Zum Glück fand ich ein kleines Stück Käse, eine halbe Tüte Mehl, Hefe und ein Glas Tomatensoße. Nachdem ich auch noch Nanas Gemüsegarten einen Besuch abgestattet hatte, brachte ich meine Ausbeute in die Küche, rührte, knetete und schnippelte. Das Ergebnis versteckte ich einsatzbereit im Kühlschrank, dann setzte ich mich in Nanas Zimmer an den Computer. Wenn man von dort aus etwas im Internet suchte, brauchte man jede Menge Geduld, doch am Abend hatte ich es endlich geschafft. Ich trug den Laptop in die Stube, platzierte ihn auf dem Couchtisch und lief in den Flur, um Noah zu holen. Er hatte sich den ganzen Tag kaum blicken lassen, aber nun wäre ich beinahe an der Treppe mit ihm zusammengestoßen.

„Oh“, stammelte ich, „äh – hast du vielleicht Zeit? So in zehn Minuten? Ich muss nur kurz in die Küche und …“

Noah ging einfach an mir vorbei. „Kann nicht, sorry“, sagte er. „Ich dreh eine Runde mit Schmuggel.“

„Aber wieso denn?“ Verdattert starrte ich ihm nach. „Ich war doch heute schon lange mit ihm unterwegs!“

„Trotzdem. Will den Kopf freikriegen“, hörte ich Noah noch sagen, dann fiel die Tür hinter ihm zu.

Mit diesem Knall zerplatzte auch meine Hoffnung wie eine Seifenblase. Was hatte ich mir bloß eingebildet? Dass mein kindischer Plan irgendetwas daran ändern konnte, wenn Noah sich zwischen kämpfenden Koboldclans und feindseligen Feen nicht mehr wohlfühlte?

Wie betäubt trottete ich wieder in die Stube und ließ mich aufs Sofa fallen. Dort hockte ich immer noch, als Noah nach einer Weile zurückkam. Er hatte gerade die Leine von Schmuggels Halsband gelöst, da fiel sein Blick durch die offene Tür.

„Ruby?“, fragte er und schob die Hände in die Hosentaschen. „Was treibst du denn da?“

„Nichts“, sagte ich schnell. „Ich überlege nur, ob ich den Laptop zuklappen soll oder ob dann alles wieder weg ist. Ich meine, nicht dass ich diesen goldenen Robotermann und seinen Mülleimer-Kumpel unbedingt sehen muss, aber es hat echt lange gedauert, die Filme zu laden, und es sind ja auch so furchtbar viele …“

Noah schaute zu Nanas Computer. „Du hast einen Star-Wars-Marathon geplant?“, fragte er langsam.

„Ja, mit selbstgemachter Pizza“, rutschte es mir heraus und ich kam mir unendlich dämlich vor. „Weil du doch gesagt hast, dass das ein perfekter Abend für dich wäre. Aber ich glaub nicht, dass du hier noch irgendwas gut findest – keine Pizza, keine sprechenden Roboter und erst recht nicht …“ Ich verstummte, als Noah mit schnellen Schritten auf mich zukam. Er beugte sich ein wenig vor und legte die Finger um meine Oberarme.

„Okay“, sagte er, „jetzt halt mal die Luft an.“

Mit einem Ruck zog er mich auf die Füße und schleifte mich regelrecht hinter sich her. Ich war viel zu überrumpelt, um Fragen zu stellen. Widerstandslos ließ ich mich ins Freie bugsieren, wir umrundeten das Haus – und dann sah ich es. Gleich neben Nanas Kräuterbeet:

Eine Decke und eine Thermosflasche unter dem Sternenhimmel.

14. KAPITEL

Picknick mit plötzlichem Ende

Du wolltest eigentlich Marshmallows im Kakao, ich weiß", sagte Noah, „aber es gab keine mehr. Deswegen hab ich einfach alles reingeworfen, was ich sonst so finden konnte: Erdnüsse, einen zerquetschten Schokoriegel, Keksstückchen – oh, und ein paar Karamellbonbons."

Er zog mich auf die Decke und goss etwas von dem dickflüssigen Zeug in einen Becher, den er mir in die Hand drückte. Ich war so durcheinander, dass ich ohne zu überlegen einen großen Schluck nahm. Warm und geradezu verboten süß floss der Kakao meine Kehle hinunter und brachte mich in die Wirklichkeit zurück.

„Wieso hast du das gemacht?“, konnte ich endlich fragen.

„Weil ich mich wie ein Vollidiot benommen habe.“ Zerknirscht hob Noah die Schultern. „Du weißt, dass am Donnerstag die erste Prüfung im Fernunterricht ansteht, oder? Bisher hatte ich ja nicht gerade viel Zeit zum Lernen, und wenn ich schlecht abschneide, muss ich weg von Patch Island. Vor lauter Stress war ich schon fast am Durchdrehen … aber dann hab ich heute die Post geholt und das hier bekommen.“ Noah griff in seine Jackentasche und zog eine Karte heraus. Ich erkannte sofort die Schrift seines Vaters. Mr Arons war ein weltberühmter Architekt und so gut wie immer auf Reisen. Das versuchte er wohl wettzumachen, indem er Noah von jedem neuen Ort eine Ansichtskarte schickte. Meistens waren das nur Grüße, die so sachlich klangen, als wären er und Noah Arbeitskollegen. Aber diesmal wirkte der Text ganz anders.

„Mein Junge, wenn du diese Karte erhältst, hast du bereits die ersten Tage als Fernschüler hinter dir. Leider habe ich dir nur sehr widerwillig er-

laubt, diesen Weg zu gehen. Inzwischen ist mir klar geworden, wie viel Mut und Entschlossenheit es dich gekostet haben muss, deinen Plan durchzusetzen. Du hast dich in den letzten Wochen so positiv verändert, dass du sicher all deine Ziele erreichen kannst. Deine Mutter wäre stolz auf dich, und ich bin es auch. Ich sende dir eine Umarmung aus Paris! Dein Dad.“

Einen Moment lang schaute ich noch auf das letzte Wort, während sich meine Kehle zusammenzog. Würde *mein* Vater mir eine Umarmung aus Paris senden, wenn er Hände statt Pfoten hätte? Würde er mit ‚Dein Dad‘ unterschreiben? Ich versuchte, ihn mir an einem Schreibtisch vorzustellen, wie er lächelnd an mich dachte, aber das gelang mir nicht. Vor meinem inneren Auge sah ich ihn nur als Wissenschaftler, der mit einer Spritze auf mich zukam, und dann als etwas scheuen, zurückhaltenden Hund.

Erst nach ein paar Sekunden merkte ich, dass Noah mich abwartend von der Seite anschaute. Hastig gab ich ihm die Postkarte zurück und lächelte. „Er hat recht“, sagte ich. „Du hast dich wirklich sehr verändert und ich glaube auch, dass du viel mehr schaffen kannst als früher.“

„Hoffentlich ist es genug." Noah verzog das Gesicht. „Ganz ehrlich, Ruby: Die Sache mit dem Fernunterricht hab ich ein bisschen unterschätzt. Hab die Schule ja früher nie sonderlich ernst genommen – und ich dachte, mein Dad wartet nur darauf, dass ich's verbocke. Schon ein cooles Gefühl, dass er jetzt an mich glaubt. Ich geb also einfach weiter mein Bestes und irgendwie krieg ich das hin."

„Na klar", stimmte ich zu. „Die Hauptsache ist, dass du nicht den Kopf verlierst."

„Das sagt sich der Dullahan sicher auch ständig", meinte Noah trocken und ich musste kichern. Dann nahm ich noch einen Schluck von dem Schoko-Erdnuss-Keks-Gebräu und verkündete: „Das ist echt das Leckerste *und* Ekligste, was ich jemals getrunken habe."

Noah grinste. Auf eine sehr noah-typische Art, die gleichzeitig ansteckend war und mich ein klein wenig misstrauisch machte.

„Was denn?", fragte ich.

„Du hast einen gigantischen Schokoschnurrbart." Lachend wich Noah zurück, als ich an ihm vorbei nach einer Serviette grapschte. „Ehrlich, jeder Kobold wäre neidisch auf dich!"

Ich rubbelte mir über die Lippen, bis ich sicher war, dass jedes noch so kleine Fitzelchen Schokolade verschwunden sein musste. „Ist er weg?", fragte ich trotzdem.

„Dein Mund? Ja, fast", neckte mich Noah.

„Egal, das war es wert." Ich schnitt ihm eine Grimasse, dann fragte ich: „Hey, sollen wir dann reingehen und Star Wars gucken?"

„Eigentlich find ich's gerade sehr schön hier", meinte Noah, stützte die Hände hinter sich ab und legte den Kopf in den Nacken. Seine Schulter drückte leicht gegen meine, während er zu den Sternen hochschaute. „Ich erzähl dir einfach, was in den Filmen passiert."

„Lieber nicht."

„Also: Es war einmal vor langer Zeit in einer weit, weit entfernten Galaxis …"

„Gnade!" Ich hielt mir die Ohren zu – und sah, wie Noahs schelmischer Gesichtsausdruck plötzlich verschwand. Irritiert ließ ich die Hände sinken, da hörte ich es ebenfalls: Aufgebrachtes Stimmengewirr schallte über den Hof bis zu uns. Für Noah musste es wie unverständlicher Kauderwelsch klingen, aber ich beherrschte die irische Sprache immerhin gut genug, um ein paar Wörter aufschnappen zu können.

„Im Inselzentrum ist etwas passiert“, flüsterte ich und sprang auf, „etwas richtig Fieses, das jemanden sehr gekränkt hat …“

Noah war auch sofort auf den Beinen. Gemeinsam liefen wir ums Haus herum bis zum Hoftor. Auf dem Weg, der in Richtung Hafen führte, gingen vier Gestalten an uns vorbei. Obwohl sie wie Menschen aussahen, wusste ich gleich, dass es keine sein konnten. Ihre Kleidung war so sandig, als wäre sie am Strand vergraben gewesen, und ich erkannte braune Sprenkel in ihrem Haar. Außerdem hatten sie Schwimmhäute zwischen den Fingern.

„Selkies!“, rief ich aus.

Die Gestalten stoppten und ein junger Mann kam ein paar Schritte auf uns zu. Sein rundes Gesicht hätte bestimmt nett ausgesehen, wäre der Ausdruck darin nicht so bestürzt gewesen.

„Hallo, Ruby und Noah“, sagte er mit einer warmen Stimme, die mir bekannt vorkam.

Es dauerte noch einen Augenblick, dann ging mir ein Licht auf. „Du bist doch Robert – Fionas Freund, nicht wahr?“, fragte ich. „Schön, dass du zu Besuch kommst!“

Der junge Mann nickte, ohne zu lächeln. „Ja, das dachte ich auch“, antwortete er. „Dass es schön wäre, die Insel mal in Menschengestalt zu sehen. Meinen Freunden habe ich schon so oft von den netten Bewohnern hier erzählt, dass sie mich unbedingt begleiten wollten. Aber gerade mussten wir feststellen, dass die Menschen eigentlich kein bisschen nett sind. Nein, sie sind richtig böse und gemein.“

Noah schnaubte. *„Böse und gemein?“*, wiederholte er. „Okay, manche von Mr O'Learys Interviewfragen für die Inselzeitung sind ziemlich unangenehm. Der alte Fergus geht nicht gerade als süßer Opi durch und Kathleens Kuchen können auf brutale Weise süchtig machen. Aber wer ist hier bitte schön echt gemein?“

Robert antwortete nicht. Seufzend wandte er sich ab und zusammen mit den anderen Selkies trottete er weiter in Richtung Meer. Einer von ihnen ließ dabei ein Stück Papier fallen. Noah hob es vom Boden auf und musterte es kurz mit zusammengekniffenen Augen. Dann las er in ungläubigem Tonfall vor: *„Kannst du fliegen, leuchten oder zaubern? Bist du durchsichtig oder trotz Bart nicht größer als ein Stiefel? Ist dir menschliches Benehmen fremd? Dann halte dich bitte von hier fern. Fabelwesen – nein, danke!“*

„WAS?“ Ich rupfte ihm den Zettel aus der Hand und

starrte darauf, als könnte das Ganze nur ein blöder Witz sein. Aber da standen die Wörter schwarz auf weiß und unter dem Text prangte die Zeichnung einer Fee, die mit rotem Filzstift durchgestrichen war.

„Wer auf Patch Island würde einen derartigen Schwachsinn verzapfen?“, stöhnte Noah.

„Ich glaube, ich weiß es“, sagte ich leise. „Ich kenne diese Schrift.“

„Und woher? Wo hast du schon mal was von diesem Fiesling gelesen?!“

Mittlerweile hatte sich in meiner Kehle ein Kloß gebildet, sodass ich kaum sprechen konnte. Ich schluckte, dann presste ich mühsam hervor: „Auf der Menütafel vom *Graham's Inn*.“

15. KAPITEL

Fabelwesen – nein, danke!

Brenda Graham stand vor der Tür ihres Gasthauses, als wir im Inselzentrum ankamen. In der ausgestreckten Hand hielt sie einen Besen, als wollte sie jeden unerwünschten Besucher einfach beiseitefegen. Mit den Kobolden, die sich vor ihr versammelt hatten, wäre ihr das wahrscheinlich auch gelungen. Deshalb wagten sich die kleinen Kerle nicht näher an sie heran, sondern hopsten bloß auf und ab wie Popcorn in einer heißen Pfanne.

„Das ist eine grauselig-gruselige Garstigkeit!", krächzte einer von ihnen und ich erkannte Fitz' Stimme. „Seit wann dürfen wir nicht mehr bei dir essen, Menschenfrau? Vor allem, wenn wir sogar dafür bezahlen wollen?"

„Seit ich erkannt habe, dass ihr und euresgleichen nichts als Ärger macht!", gab Brenda zurück. Sie klang hart und unerbittlich, noch viel mehr als bei ihren Streitigkeiten mit dem alten Fergus. Feindselig ließ sie den Blick über die Fabelwesen wandern, die sich in mehreren Grüppchen vor dem Gasthaus zusammendrängten: zeternde Kobolde, Banshees mit leuchtenden Tränen in den Augen und Feen, die empört mit den Flügeln schlugen. Andere Menschen waren allerdings nicht in der Nähe. Zu gerne hätte ich jemanden um Hilfe gebeten, aber Winnie aß sicher wieder mit Orin zu Abend, Kathleen ging früh schlafen und die übrigen Bewohner des Inselzentrums waren gerade alle auf dem Festland.

„Bist du immer noch böse wegen der Schlägerei?", rief Fitz über den Trubel hinweg und machte ein paar besonders hohe Sprünge, damit Brenda ihn beachtete. „Die haben doch gar nicht *wir* begonnen. Das waren die fiesen Feuerköpfe!"

„Mir egal. Das hier ist mein Gasthaus und ich möchte

darin ausschließlich Menschen bewirten. Alle anderen sind bei mir ab heute unerwünscht!“ Brenda zeigte mit dem Besen auf die Tafel neben der Tür. Normalerweise war dort das Tagesmenü angeschrieben, doch nun konnte man in riesigen Buchstaben lesen: FABELWESEN – NEIN, DANKE! Darunter stand eine Box und Brenda holte mit der freien Hand ein paar Zettel heraus. „Hier“, sagte sie und ließ sie den Kobolden entgegenflattern. „Erzählt es gern euren Freunden weiter, damit ich endgültig Ruhe vor euch habe!“

Ich drängte mich an zwei Banshees vorbei, die sich jammernd die silberweißen Haare rauften, und sprang mit einem großen Satz über die Kobolde hinweg. Dann stand ich direkt vor Brenda – derselben Brenda, die bisher jeden Abend eine Schale Milch für Heinzelmännchen vor ihre Tür gestellt hatte. Brenda, die immer ein Fan von Sagen und Märchen gewesen war! Das Herz klopfte mir bis zum Hals, während ich in ihr wutrotes Gesicht blickte. „Was soll denn das?“, rief ich. „Warum bist du so wütend auf die Fabelwesen? Hat dir eines von ihnen irgendwas getan?“

„Eines?!“ Brenda klopfte fest mit dem Besenstiel auf den Boden und ein Kobold, der sich gerade an ihr hatte vorbeischleichen wollen, stolperte erschrocken rückwärts. „Die Situation ist doch schon seit Tagen unerträglich! Ohne deine Nana wäre alles längst außer Kontrolle geraten und heute ist sie noch nicht mal hier, um mir beizustehen. Als ich das gehört habe, wurde mir klar, dass ich etwas unternehmen muss. Zu meiner eigenen Sicherheit und zur Sicherheit meiner menschlichen Gäste!“

„Aber man braucht ja nicht gleich sämtliche Fabelwesen auszusperren“, meinte Noah, der sich ebenfalls nach vorne gedrängt hatte. „Die Kobolde lassen sich super mit Süßigkeiten bestechen und mit den anderen kann man meistens ganz vernünftig reden …“

„Nein!", fuhr Brenda dazwischen. „Seht euch doch mal an, wie viele das mittlerweile geworden sind! Sie befolgen keine Regeln und sie sind in der Überzahl! Bald wird es *ihr* Patch Island sein, nicht mehr unseres!"

Bestürzt schaute ich mich vor dem Gasthaus um. Es stimmte, dass ich selten so viele Fabelwesen auf einem Fleck gesehen hatte. Jedenfalls außerhalb der magischen Pflegestation oder der Feenwelt. Wenn ich so darüber nachdachte, häuften sich die Besuche – und damit auch die Probleme – erst seit einigen Tagen, aber Brendas Entschluss würde die Lage nicht verbessern. Ganz im Gegenteil.

Unwilliges Gemurmel kam von der Gruppe der Feen und im nächsten Augenblick schoss direkt vor der Gasthaustür ein Gänseblümchen aus dem Boden. Eigentlich war es schon vorher dagewesen, aber nun wuchs es blitzschnell zur Größe einer Sonnenblume an. Mit einem erschrockenen Keuchen stieß Brenda ihren Besen dagegen. „Da habt ihr's!", rief sie. „Nun setzen sie sogar schon ihre Zauberkräfte gegen mich ein. Alles war besser, bevor diese Viecher in mein Leben gekommen sind!"

„Viecher?!" Eine der Feen warf empört den Kopf nach hinten, sodass ihre goldenen Haare wild durch die Luft peitschten. „Das müssen wir uns nicht länger bieten lassen. Kommt, Schwestern, wir verflattern!“ Ohne ein weiteres Wort flogen die Feen davon. Die Banshees schwebten jammernd hinterher und nach ein paar Flüchen machten sich auch die Kobolde aus dem Staub. Als nur noch Noah und ich vor dem Gasthaus standen, lehnte Brenda schwer atmend den Besen an die Wand.

„Na also“, sagte sie in die plötzliche Stille hinein, „das wäre fürs Erste geschafft.“

„Du hättest so was nicht sagen dürfen“, murmelte Noah. „Irgendwie war das echt … daneben.“

„Findest du?!“ Brenda verschränkte die Arme vor der Brust. „Nun, jedenfalls hatte ich damit nicht unrecht. Viele von denen benehmen sich ja eher wie Tiere als wie Menschen, oder? Und jetzt kommt rein, ich hab noch einen Rest Kartoffelauflauf im Ofen.“

„Geht nicht“, sagte ich dumpf und wies auf das Schild. „Ich bin auch eine *von denen,* schon vergessen?“

Brenda verdrehte die Augen. „Also, Ruby, nun sei bitte nicht albern. Für dich würde ich natürlich eine Ausnahme machen!“

„Und warum? *Wenn* hier jemand ein Viech ist – jedenfalls zum Teil –, dann ja wohl ich.“ Schnell drehte ich mich um, damit Brenda nicht sehen konnte, dass mir Tränen in die Augen schossen. Ich versuchte, den Kopf genauso hochzuhalten wie die Feen, während ich davonmarschierte. Noah holte mich mit ein paar schnellen Schritten ein, und sobald wir das Inselzentrum verlassen hatten, griff er nach meinem Arm.

„Komm schon, vergiss sie einfach“, sagte er. „Die hatte wahrscheinlich auch zu viel Stress und ist deswegen ein bisschen ausgetickt. Denk gar nicht weiter daran!“

„Hab ich auch nicht vor“, antwortete ich und versuchte, meine Stimme fest klingen zu lassen. „Stattdessen werde ich jetzt nach Hause gehen, die Pizza in den Ofen schie-

ben und mir so viele Laserschwert-Kämpfe angucken, bis ich mich selbst wie ein Yogi-Ritter fühle.“

„Die heißen Jedi-Ritter“, sagte Noah, „und es schockiert

mich, dass du das nicht weißt. Aber ansonsten hört sich das nach einem guten Plan an."

Ich lächelte ihm zu und für den restlichen Abend tat ich, als wäre alles in bester Ordnung. Aber ich wusste genau, dass das nicht stimmte. Nocturno hatte uns gewarnt, dass Fabelwesen auf Patch Island niemals schlecht behandelt werden durften. Heute war jedoch genau das passiert – und die fassungslosen Blicke der Selkies, Banshees, Kobolde und Feen verfolgten mich bis in den Schlaf.

16. KAPITEL

Vollversammlung mit Magie

Jetzt gibt es keinen Zweifel mehr“, stöhnte Nana, als wir am nächsten Tag bei Tee und Pizzaresten am Esstisch saßen. „Ich bin verflucht. Immer, wenn ich die Insel verlasse, passiert irgendetwas Schlechtes!“

Noah blickte von seinem Mathe-Arbeitsblatt auf. „Brenda ist durchgedreht, weil sie sich wegen deiner Abreise Sorgen gemacht hat. Das war kein Pech, sondern eine logische Folge.“

„Du hast ja recht.“ Seufzend rührte Nana in ihrem Tee.

„Ich darf nicht so abergläubisch werden, wie meine Mam es war."

Gedankenlos öffnete ich den Mund, konnte mich aber in letzter Sekunde beherrschen. Ich hätte Nana zwar sehr gerne erzählt, was ich über ihre Mutter herausgefunden hatte, doch dann hätte ich ihr auch verraten müssen, woher ich das wusste. Dass ich heimlich wieder in der Feenwelt gewesen war und ein magisches Gebräu benutzt hatte, damit Winnie auf Patch Island blieb … Nein, es war sicher besser, sie mit solchen Geschichten noch eine Weile zu verschonen. Vor allem, weil wir jetzt dringendere Probleme hatten.

„Jedenfalls übertreibt Brenda maßlos", fuhr Nana fort und deutete auf einen ‚Fabelwesen – nein, danke'-Zettel, der neben ihrer Tasse lag. „Diese abscheulichen Dinger flattern überall herum und auf dem Weg vom Hafen hierher habe ich drei Plakate mit demselben Text gesehen!"

„Die sind auf der ganzen Insel verteilt. Als wir heute Morgen mit Schmuggel draußen waren, haben wir irgendwann aufgehört zu zählen", sagte ich.

„Verrückt." Nana musterte ihren angeknabberten Pizzarand so finster, als hätte er sie persönlich beleidigt. Dann stand sie auf und ging zum Telefon. Nachdem sie rasch eine Nummer gewählt hatte, drückte sie sich mit entschlossener Miene den Hörer ans Ohr. „Hallo Tilda, Cleo hier. – Nein, ich glaube immer noch nicht, dass das bisschen Möwendreck deinem Mr Murphy geschadet hat. Vertrau mir, sein Schnarchen ist normal. Es geht um etwas ganz anderes: Hilfst du mir, für heute Abend eine Vollversammlung zu organisieren? Ja, bitte weitersagen. Du bist ein Schatz, bis später!"

Schwungvoll legte Nana auf und kam an den Esstisch zurück. „So! Wollen doch mal sehen, ob sich die gute Brenda nicht zur Vernunft bringen lässt. Bestimmt sind die anderen mit ihren Aktionen auch nicht einverstanden."

„Bist du dir da sicher?" Noah hatte die Ellenbogen auf sein Arbeitsblatt gestützt und drehte nachdenklich einen Stift zwischen den Fingern. „Bei der letzten Versammlung waren doch alle zuerst ganz schockiert über die Nachricht, dass es Fabelwesen gibt. Aber als Kathleen betont hat, dass Ruby zu ihnen gehört und beschützt werden muss, hat sich die Meinung der Leute komplett geändert. Was, wenn sie sich jetzt wieder so mitreißen lassen – aber diesmal von Brenda?"

„Außerdem sind ein paar von ihnen auch ein bisschen

genervt von den Fabelwesen“, ergänzte ich. „Da könnte die Stimmung leicht kippen.“

„Aber das ist es doch gerade!“, rief Nana und schlug mit der flachen Hand auf den Tisch. „Es gibt nicht einfach nur *die* Fabelwesen, sie unterscheiden sich voneinander genauso sehr wie die Menschen. Natürlich darf Brenda diejenigen aus ihrem Gasthaus werfen, die sich wirklich schlecht benehmen – aber alle in dieselbe Schublade zu stecken, ist totaler Unsinn!“

„Vielleicht sollten wir sie daran erinnern“, meinte ich. „Wir könnten doch auch die Fabelwesen zur Vollversammlung einladen, oder? Die Ankündigung hängen wir einfach unter jedes von Brendas Plakaten.“

Nanas Miene hellte sich auf. „Eine geniale Idee. Sicher haben die Fabelwesen auch was zu der ganzen Angelegenheit zu sagen!“

„Ja, haben sie“, murmelte ich und dachte daran, wie ich mich heute beim Vorbeigehen am *Graham’s Inn* gefühlt hatte. Obwohl ich kaum glaubte, dass Brenda mich rausschmeißen würde, wollte ich keinen Fuß mehr über die Schwelle setzen. Noch nie war ich mir bei einem Bewohner von Patch Island so unerwünscht vorgekommen!

Als hätte Nana meine Gedanken gelesen, beugte sie sich über den Tisch und drückte mir kurz die Hand. „Ich muss jetzt Winnie in der Praxis helfen“, sagte sie. „Kümmert ihr euch um die Plakate?“

Noah legte seinen Stift weg. „Wird erledigt. Ich hab sowieso schon ’nen Knoten im Hirn.“

Wir liefen in Nanas Zimmer und schrieben auf ihrem Computer einen Text, den wir stapelweise ausdruckten. Dann streiften wir mit den Einladungen, einer Rolle Klebeband und Schmuggel kreuz und quer über die Insel. Es war beinahe gruselig, wie viele Zettel Brenda über Nacht aufgehängt hatte. Als wir endlich glaubten, alle gefunden zu haben, fühlte ich mich fix und fertig. Dafür stand nun unter jedem der fiesen Verbotsschilder folgender Text:

Manche von uns haben Flügel,
manche tragen Brillenbügel.
Manche sind sehr breit und groß,
manche wie ein Stiefel bloß.
Eines darf man nicht vergessen:
Wir mögen ALLE Brendas Essen!
Zu diesem Thema – doch nicht nur –,
plaudern wir um 18 Uhr.

Besucht uns gern im Schulgebäude,
das wär uns eine große Freude!

„Noch ein paar Flüche dazu, dann sind die Kobolde garantiert stolz auf uns", meinte ich und betrachtete die letzte Einladung, die ich gerade an Pfarrer Morlands Gartenzaun gehängt hatte.

„Allerdings", antwortete Noah. Im Gegensatz zu mir klang er aber kein bisschen zufrieden. Als ich ihm einen Seitenblick zuwarf, stellte ich fest, dass er die Stirn in Falten gelegt hatte.

„Was ist denn? Haben wir einen Schreibfehler gemacht?"

Noah schüttelte langsam den Kopf. „Nein, aber es ist genau so, wie du sagst: Eigentlich müssten die Kobolde längst auf uns aufmerksam geworden sein. Kommt es dir nicht merkwürdig vor, dass noch keiner von denen um uns herumhopst?"

„Stimmt", gab ich zu. „Glaubst du, die Fabelwesen sind so beleidigt wegen Brenda, dass sie sich alle in die Feenwelt zurückgezogen haben?"

„Würde mich nicht wundern", sagte Noah düster. „Und ich wüsste da jemanden, der sich bestimmt brennend für diese Geschichte interessiert.“ Er streckte die Arme nach vorne und röchelte ein bisschen. Obwohl er mich damit eher an eine Mischung aus Darth Vader und einem Zombie erinnerte, wusste ich natürlich, wen er meinte. Beim Gedanken an Nocturno schauderte ich, als hätte mich ein kalter Luftzug gestreift. Trotzdem versuchte ich, mich nicht entmutigen zu lassen.

„Es macht aber sicher einen guten Eindruck auf den Hohen Rat, dass wir die Fabelwesen zu einer Versammlung bitten“, wandte ich ein. „Wir müssen nur dafür sorgen, dass auch wirklich ein paar von ihnen teilnehmen!“

Unsere Blicke trafen sich. „Orins Schafweide?“, fragten wir wie aus einem Mund.

17. KAPITEL

Eine kunterbunte Truppe

Während ich neben Noah und Schmuggel herlief, schaute ich verstohlen auf die Uhr. Bis zur Vollversammlung blieb uns nicht mehr viel Zeit. Hoffentlich konnte ich schnell genug ein paar Fabelwesen überreden, in die Menschenwelt zu kommen! Nachdem wir über das Weidentor geklettert waren, wollte ich direkt ins Portal springen, doch Noah packte mich am Arm.

„Warte! Lass mich nicht nur draußen herumsitzen, so

wie beim letzten Mal. Da hab ich mir erstens Sorgen um dich gemacht und mir zweitens den Hintern abgefroren. Ich wette, der liegt hier noch irgendwo!“

„Scherzkeks. Aber ich kann dich nun mal nicht mitnehmen – die Macht, Menschen in die Feenwelt einzuladen, haben nur Feen!“

„Dann ist es ja sehr praktisch, dass du dich mit einer angefreundet hast, oder?“

Ich stutzte – daran, dass Felicity uns helfen könnte, hatte ich noch gar nicht gedacht! „Okay, dann schaue ich mal, ob diese Warndistel wirklich funktioniert“, sagte ich. „Bin gleich wieder da!“ Mit beiden Beinen zugleich hüpfte ich auf den dunklen Grasfleck und setzte mich sofort auf, als ich den roten Himmel über mir sah. Allmählich gewöhnte ich mich an diese Art zu reisen! Ich kroch zu dem Strauch neben dem Portal, in dem Felicity den Lauschtrichter versteckt hatte, und musterte ihn aufmerksam. Kurz hatte ich Angst, das zusammengerollte Blatt wäre vom Wind davongetragen worden, aber es hing zum Glück noch zwischen den Zweigen. Vorsichtig zupfte ich es heraus und hielt es dicht vor meine Lippen.

Dann saß ich einen Moment lang still da. Typisch, wenn man ein Schimpfwort brauchte, war der Kopf natürlich wie leer gefegt! „Blödmann“, sagte ich schließlich zu dem Blatt und kam mir dabei komplett bescheuert vor. Außerdem hatte ich keine Ahnung, ob das Schimpfwort schlimm genug gewesen war, um die Warndistel reagieren zu lassen. Ich überlegte schon, das Blatt ein zweites Mal zu beleidigen, da ertönte aus einiger Entfernung ein Flattern. Nur Sekunden später kam Felicity auf die Lichtung geschossen. Begeistert flog sie einmal um mich herum und landete nach einem Salto direkt vor mir im Gras.

„Rubylein!“, jubelte sie. „Wie schön! Was führt dich in diese Welt?“

„Erkläre ich dir gleich“, sagte ich hastig. „Gibst du mir schnell eine Einladung für meinen Freund Noah und Schmuggel?“

„Oh, natürlich. Bin gespannt, wie dein Freund so ist!“ Felicity schaute sich kurz um, dann pflückte sie eine große Blume und hielt sie mit geschlossenen Augen in den Händen. Die Blütenblätter verloren ihre Farbe und verformten sich, bis sie wie eine Rolle Pergament aussahen. Kaum hatte Felicity mir die Einladung gegeben, beugte ich mich über das Portal und streckte die Hand nach unten. Ich war nicht sicher, ob auch nur *ein Teil* von mir in die Menschenwelt wechseln konnte – aber es funktionierte tatsächlich:

Mein Arm verschwand bis zum Ellenbogen im Boden. Das sah vielleicht merkwürdig aus! Ein nervöses Kichern entschlüpfte mir, als ich spüren konnte, wie Noah vorsichtig die Einladung aus meinen Fingern nahm. Dann zog ich meinen Arm wieder in die Feenwelt zurück.

Im nächsten Moment lagen Noah und Schmuggel auf der Wiese. Schmuggel war gleich wieder auf den Beinen und schüttelte sich, dass seine Ohren schlackerten. Noch nie zuvor hatte ich ihn so überrumpelt erlebt. Seine Verwirrung schien sogar noch größer zu werden, als Felicity sich jauchzend auf ihn stürzte.

„Fein, dass wir uns endlich kennenlernen, Noah!“, zwitscherte sie und wuschelte mit beiden Händen durch sein zottiges graues Fell. „Kein Wunder, dass du so ein guter Freund von Ruby bist! Ich finde dich auch ganz entzückend!“

„Ähem.“ Noah hatte sich auf die Ellenbogen gestützt und schaute zu Felicity hoch. „Du denkst ernsthaft, *mein* Name wäre Schmuggel?!“

Felicity erstarrte, die Finger noch in Schmuggels Fell. „Oh“, sagte sie und ihr Strahlen war eindeutig verblasst. „Na ja, was weiß denn ich? Menschen haben doch oft seltsame Namen. Der Kerl, der mir meine beste Freundin

Eileen weggeschnappt hat, hieß zum Beispiel *Tom.*" Sie schüttelte den Kopf, als könnte sie nicht fassen, wie man auf einen solchen Unsinn kam. „Der hat sich übrigens genauso farblos gekleidet wie du."

„Verstehe. Aber hier ist alles total normal, ja?", erwiderte Noah mit einem vielsagenden Blick auf Felicitys Blätter-und-Blümchen-Latzhose.

„Nun hört schon auf!", rief ich dazwischen. „Genau die Frage, was normal ist und was nicht, hat uns heute in die Feenwelt gebracht. Leider fällt es manchen Menschen auf Patch Island nämlich schwer, mit Fabelwesen zurechtzukommen …"

„Ich weiß", sagte Felicity und seufzte. „Ein paar sehr beleidigte Kobolde sind heute an mir vorbeigelaufen und haben sogar noch mehr geflucht als sonst. Ein Glück, dass ich den Lauschtrichter nicht bei mir hatte! Angeblich sind sie auf Patch Island nicht mehr willkommen – dabei hattet ihr es mit den Kratzbärten eigentlich gut getroffen. Das sind doch richtige Schnuckelchen."

Ich verzichtete darauf, ihr zu erzählen, dass sich neuerdings auch die unschnuckeligen Feuerköpfe auf Patch Island herumgetrieben hatten. Stattdessen berichtete ich eilig von der Versammlung und unserem Plan. Als Felicity hörte, dass wir möglichst viele Fabelwesen dabeihaben wollten, war ihre gute Laune sofort wiederhergestellt.

„Ich komme natürlich!“, rief sie und klatschte voller Vorfreude in die Hände. „Mir ist es sowieso egal, was andere von mir halten. Und ich hab schon eine Idee, wer uns dabei helfen könnte, die Nachricht zu verbreiten: der liebe Dully natürlich!“

„Du … meinst jetzt nicht den Dullahan, oder?“, fragte Noah ungläubig.

„Doch, na klar! Als Feenbote weiß er wie kein anderer, wo sich die verschiedensten Fabelwesen aufhalten. Bin gleich wieder da“, trällerte Felicity und sauste auch schon von der Lichtung. Noah und Schmuggel schauten ihr verdattert hinterher.

„Die hat eindeutig zu viel Cola getrunken“, kommentierte Noah.

„Du weißt genau, dass es so was hier nicht gibt. Sie ist einfach nur sehr hilfsbereit“, sagte ich und ließ mich auf einen Riesenpilz plumpsen. Die Dinger waren erstaunlich bequem, so wie etwas matschige Sitzsäcke. Verstohlen schaute ich wieder auf die Uhr – inzwischen waren bestimmt schon die ersten Bewohner von Patch Island im alten Schulgebäude eingetroffen. Ob Brenda wohl unter ihnen war? Erklärte sie vielleicht gerade, dass die Fabelwesen nur Probleme machten? Meine Knie begannen wie von selbst, auf und ab zu wippen, während ich ungeduldig in Richtung Wald schaute. Noah hatte sich neben mich gesetzt und genau wie ich schien er die Bäume regelrecht zu hypnotisieren. Doch abgesehen von ein paar Totenkopf-Schmetterlingen ließ sich kein Lebewesen auf der Lichtung blicken.

„Ich sag's ja nur ungern", meinte Noah schließlich, „aber wenn wir nicht bald aufbrechen, findet die Vollversammlung ohne uns statt. Dann wäre nicht mal ein einziges Fabelwesen dabei!"

Vor lauter Nervosität knabberte ich so fest an meiner Unterlippe, dass es wehtat. „Warte kurz", nuschelte ich, die Augen weiterhin starr auf den Waldrand gerichtet. „Nur noch einen Moment! Ich kann mir einfach nicht vorstellen, dass Felicity …"

Und dann hörten wir es: Hufgetrappel, vermischt mit

den unterschiedlichsten Stimmen. Noah und ich sprangen auf, als eine heulende, krächzende und knurrende Horde zwischen den Bäumen hervorbrach. Allen voran galoppierte der Dullahan, der wie üblich seinen Kopf unter dem Arm trug. Diesmal hatte er allerdings keinen strengen Ausdruck im Gesicht, sondern schaute ein bisschen leidend drein. Auf seinem Schoß hockten nämlich drei Kobolde, die abwechselnd ausprobierten, welcher ihrer Hüte dem Dullahan am besten passte.

Dahinter folgten die zwei Banshees, die wir am Vorabend beim *Graham's Inn* gesehen hatten, und ein riesenhafter grüner Feenhund. Schmuggel stieß ein Japsen aus, als er seinen Kumpel Clover erkannte. Aufgeregt schnüffelten die beiden aneinander und Schmuggels Ohren flatterten mit den Luftstößen, die aus Clovers gewaltiger Schnauze kamen.

Zuletzt erschienen der Ghul, der mit dem alten Fergus befreundet war, und Felicity mit Adelinda an der Hand. Es sah aus, als würde sich die Fee im Farnkleid nur sehr widerwillig auf die Lichtung ziehen lassen. Mit zusammengekniffenen Lippen blieb sie am Waldrand stehen, während Felicity übermütig auf uns zuflitzte. „Na, hab ich zu viel versprochen?“, rief sie und breitete die Arme aus.

„Alle hier freuen sich darauf, mit den Inselbewohnern zu plaudern!“

„Freuen ist etwas übertrieben“, meinte Adelinda spitz. „Ich komme nur mit, weil meine Cousine meint, es wäre eine gute Übung für ein zukünftiges Mitglied des Hohen Rats.“

„Und wir sind hier, weil uns langweilig ist“, krächzten die Kobolde. „Wird vielleicht blöde, aber nicht öde!“

„Uns kommt dieser ganze Konflikt so schrecklich traurig vor. Trauriges *und* Schreckliches sind unsere Spezialgebiete“, sagte eine der Banshees klagend und ließ die Ärmel ihres grauen Umhangs flattern.

Der Ghul sagte nichts. Er röchelte bloß.

„Ganz egal, warum ihr uns begleiten wollt – wir sind euch jedenfalls sehr dankbar!“ Begeistert winkte ich die kunterbunte Truppe näher heran und wir bildeten einen Kreis um das Portal.

„Jetzt sollten wir uns wirklich beeilen“, sagte Noah, der schon wieder auf sein Smartphone geschaut hatte. „Macht sicher keinen guten Eindruck, wenn wir zu spät kommen. Sind alle bereit?“ Er griff nach meiner Hand und die Fabelwesen folgten seinem Beispiel. Ich gab mir große

Mühe, weiterhin freundlich und feierlich dreinzuschauen, während Adelinda mit spitzen Fingern die Klaue des Ghuls ergriff.

„Also dann, alle zugleich“, rief ich und ging ein bisschen in die Knie. „Eins – zwei – *drei*!“

Im nächsten Augenblick lag ich zwischen Beinen, Flügeln und jeder Menge Fell im Gras. Ich hatte so fest damit gerechnet, auf Orins Weide zu landen, dass ich mich erst sammeln musste. Dann krabbelte ich aus dem Fabelwesen-Knäuel heraus und schaute mich verwirrt auf der Lichtung um. „Aber … wieso sind wir denn immer noch hier?“

„Vielleicht hätten wir doch nicht alle gleichzeitig springen sollen“, sagte Felicity, während auch die anderen aus dem Portal krochen. „Am besten probieren es erst mal …“

„Wir! Wir sind die besten Hüpferiche“, krakeelten die Kobolde und schon hoppelten sie wie wild auf dem dunklen Wiesenfleck herum. Als Nächstes scharrte Clover mit seinen riesigen Tatzen über den Boden und der Dullahan ließ sein Pferd dort aufstampfen. Aber egal, wie oft wir es auch versuchten – das Portal zur Menschenwelt blieb verschlossen.

18. KAPITEL

Vor verschlossenen Türen

Okay, keine Panik", sagte ich. „Sicher gibt es eine ganz harmlose Erklärung. Vielleicht hat sich ein Schaf auf das Portal gelegt und blockiert den Durchgang?"

„Tiere sind viel zu feinfühlig, um so etwas zu tun", belehrte mich der Dullahan. „Die spüren, wenn jemand in ihre Welt kommen möchte, und weichen dann aus. Aber könnte es eventuell sein, dass ein menschliches Gesäß auf dem Portal Platz genommen hat?"

„Alle menschlichen Gesäße sind jetzt bei der Versammlung." Noah zuckte mit den Schultern, als wäre das nicht weiter schlimm. Trotzdem konnte ich ihm ansehen, wie beunruhigt er war. Nicht nur, dass wir uns nun garantiert verspäten würden – wie lange konnte es dauern, bis das Portal wieder funktionierte? Vielleicht mehrere Stunden? Nana würde vor Sorge durchdrehen. Sie wusste ja noch nicht einmal, wo wir waren!

Mit aller Kraft versuchte ich, diesen Gedanken beiseitezuschieben. „Ich wette, wir müssen nur einen kleinen Augenblick warten. Das ist wahrscheinlich eine Art … magischer Wackelkontakt!", beteuerte ich.

Die Fabelwesen hatten sich inzwischen merkwürdig still am Rand des Portals niedergelassen. Sogar der ungestüme Clover lag bewegungslos im Gras und Schmuggel an seiner Seite wirkte noch mürrischer als sonst – fast, als hätte er von seinem Kumpel irgendetwas erfahren, das Noah und ich noch nicht wussten. Hoffnungsvoll drehte

ich mich zu den Kobolden, weil ich ganz sicher war, dass sie uns wieder aufmuntern würden. Doch da hatte ich mich getäuscht.

„Glauben wir nicht“, sagte einer von ihnen.

„Kein bisschen“, betonte der Zweite.

„Sieht böse aus“, fügte der Dritte in düsterem Tonfall hinzu.

„Aber wieso denn, verdammt noch mal?!“, fragte Noah.

Zu meiner Überraschung war es Adelinda, die ihm antwortete. „Nun, es ist nicht das erste Mal, dass so etwas passiert“, erklärte sie wichtigtuerisch. „Beim Hohen Rat weiß man noch nicht, was man davon halten soll. Aber die Tore, die plötzlich nicht mehr funktionierten, blieben dauerhaft verschlossen.“

Sprachlos vor Entsetzen starrte ich sie an, während mir etwas dämmerte. Als ich mit Felicity Leuchtrosen gepflückt hatte – da waren wir doch auch am Portal nach Cork gestoppt worden! Und hatten die Feuerkopf-Kobolde nicht gesagt, dass sie früher immer einen anderen Ort in der Menschenwelt besucht hatten, aber jetzt nicht mehr dorthin konnten?

„Es stimmt leider“, sagte Felicity und ihre Flügel hingen schlaff herab. „Ich habe selbst erst gestern von Onkel

Noc erfahren, dass es immer mehr Berichte über Blockaden gibt. Früher ist das nur vorgekommen, wenn die Menschen eine Straße oder ein Haus auf einem Portal gebaut haben. Darum hätte ich nie erwartet, dass so etwas auf eurer kleinen Insel passiert."

„Was jetzt?", fragte ich beklommen. „Gibt es vielleicht ein anderes, noch funktionierendes Portal, das uns nach Hause bringt?"

Alle schauten zum Dullahan, der mit beiden Händen seinen Kopf hin und her drehte. „Einen zweiten Durchgang nach Patch Island gibt es nicht, bloß einen zur nächsten Küste."

„Na großartig." Entmutigt ließ Noah sich wieder auf den dunklen Wiesenfleck fallen, der auch diesmal keinen Millimeter nachgab. „Dann kann uns Cormack zwar abholen, aber die Versammlung haben wir bis dahin längst verpasst."

„Pph, und wennschon!“

Verblüfft schaute ich zu Adelinda. Sie flatterte einen halben Meter über dem Boden, die Arme vor der Brust verschränkt. „Ich glaube nicht, dass ich mich überhaupt mit Menschen unterhalten möchte, die uns aus ihrer Welt aussperren“, fügte sie trotzig hinzu.

„Waaas?“, jaulte eine der Banshees, während die andere sich jammernd die Haare raufte. „Wir wurden ausgesperrt? Das ist ja fürchterlich! Noch viel schlimmer als das, was bei diesem Gasthaus geschehen ist!“

„Hey, Moment mal!“ Noah war aufgesprungen und hielt beschwichtigend beide Hände in die Luft. „Ihr denkt doch nicht ernsthaft, dass ein Bewohner von Patch Island mit dieser Sache zu tun haben könnte, oder?“

„Ja, das mit Brenda und dem *Graham's Inn* ist zwar auch nicht in Ordnung, aber etwas ganz anderes! Kein Bewohner von Patch Island würde so weit gehen, Feenportale zu zerstören!“, rief ich, während mein Herz immer heftiger gegen meine Rippen hämmerte. Nicht nur, dass wir mit unserem Plan keinen Erfolg gehabt hatten – jetzt schien alles noch viel schlimmer zu werden! Verzweifelt schaute ich von einem Fabelwesen zum anderen, doch keines erwiderte meinen Blick. Nach und nach wandten sie sich ab und verschwanden ohne ein weiteres Wort zwischen den Bäumen. Nur Felicity blieb bei Noah und mir auf der Lichtung zurück.

„Ich würde jetzt gerne fluchen", sagte sie betrübt, „aber der Lauschtrichter ist zu nah."

Anstelle einer Antwort kniete ich mich ins Gras und trommelte mit den Fäusten gegen das Portal. Natürlich wusste ich, dass das keinen Zweck hatte, aber ich konnte mich nicht beherrschen. Das alles war einfach so ein Mist! Wir hätten die Chance gehabt, Menschen und Fabelwesen miteinander zu versöhnen, und stattdessen saßen wir vollkommen nutzlos hier fest! Wieder hob ich die rechte Faust – und stoppte mitten in der Bewegung.

Aus geweiteten Augen schaute ich zu Noah hoch. „Du weißt, wohin dein Herz dich drängt, doch kannst es nicht erreichen", flüsterte ich. „Siehst dich beengt, gehemmt, blockiert, die Hürden müssen weichen!"

Felicity räusperte sich. „Hm, das hast du schön gesagt, Rubylein, aber …" Verdutzt brach sie ab, als Noahs Augen zu leuchten begannen.

„Du meinst, wir haben das Gedicht im Kräuterbuch falsch verstanden?"

„Im Kräuterbuch? *Eileens* Kräuterbuch?" Jetzt schlug

auch Felicitys Erstaunen in Aufregung um. „Geht es um den Trank, für den du letztes Mal Zutaten gesammelt hast?“

„Ja, damit wollten wir zwei Leute auf Patch Island von ihrer Schüchternheit befreien“, erklärte ich atemlos. „Als ich die Flüssigkeit in ihre Richtung gesprüht habe, standen sie gerade auf einer Weide. Plötzlich ist ein Schafbock ausgebüxt, sie sind ihm hinterhergerannt und haben dabei gemerkt, wie gut sie sich miteinander verstehen …“

„Nur, dass das vielleicht gar nichts mit der Kräutermischung zu tun hatte“, warf Noah ein. „Stattdessen könnte der Zauber einfach nur bewirkt haben, dass das Weidentor aufgesprungen ist!“

„Oh – das hat er ganz bestimmt“, meinte Felicity. „Eileen hätte niemals das Rezept für einen Liebestrank aufgeschrieben. Wozu auch? Erstens wäre das geschummelt und zweitens verlieben sich die Leute in der Feenwelt irgendwann ganz von selbst. Sie haben ja unendlich viel Zeit dazu!“

Noah und ich antworteten nicht. Es war, als müssten wir erst mal verdauen, was wir gerade begriffen hatten. Endlich brachte ich an Noah gewandt hervor: „Du trägst denselben Pullover wie am Sonntag, als wir den Sud gebraut haben. Da hast du doch alle übrig gebliebenen Kräuter eingesteckt, oder? *Bitte* sag mir, dass die noch in deiner Bauchtasche sind!“

Noah zog die Schultern hoch. „Nein, sorry, die Tasche hab ich ausgeräumt. Wollte nicht mit diesem komischen Grünzeug herumlaufen, also …“ Zum Beweis stülpte er das Innenfutter der Tasche nach außen – und zwei welke Pflanzen segelten zu Boden.

Ich stürzte mich darauf und quietschte vor Freude. Eines davon war tatsächlich eine Leuchtrose! Sie war zwar nicht mehr im besten Zustand und reichte sicher nur für eine winzige Portion Blockaden-Lösungsmittel, aber das würde hoffentlich genügen. „Alle anderen Pflanzen, die wir brauchen, finden wir hier“, sagte ich eifrig. „Felicity, kannst du uns ein Gefäß, Wasser und Feuer besorgen?“

„Nichts leichter als das!“ Ihre Flügel verschwammen

vor meinen Augen, so schnell sauste Felicity davon. Noah und ich hatten gerade genug Zeit, die anderen Kräuter zu sammeln, da kam sie auch schon zurück. In der Hand hielt sie ein Töpfchen aus Metall und einer ihrer Füße war nackt.

„Hab einen Kobold gebeten, dass er mir seinen Goldtopf schenkt", keuchte sie. „Natürlich ohne Gold. Das hat er stattdessen in meinen Schuh gesteckt." Sie ließ sich ins Gras sinken, stellte das Töpfchen vor sich ab und hielt einen Moment lang beide Hände darüber. Nur Sekunden später war es mit Wasser gefüllt und darunter knisterte ein kleines Feuer.

„Elemente der Natur heraufzubeschwören, ist für uns Feen das Leichteste", sagte sie bescheiden, als Noah und ich sie mit offenem Mund anschauten. „Und natürlich Pflanzen zum Wachsen zu bringen."

„Ach, deshalb ist hier alles überdimensional." Noah, der sich bereits von seiner Verblüffung erholt hatte, ließ die zerrupften Kräuter ins Wasser rieseln. Mit einem Stock rührte er die Mischung um, die sich prompt in Glibber verwandelte. Nur wenig später schwamm oben die erhoffte schillernde Flüssigkeit. Vorsichtig hob Noah den Topf vom Feuer.

Während er damit zum Portal ging, wurde mir vor Spannung abwechselnd heiß und kalt. Mit angehaltenem Atem sah ich dabei zu, wie die ersten Tropfen ins dunkel verfärbte Gras fielen.

Zuerst hörten wir nur ein Grollen, das an einen fernen Donner erinnerte. Lauschend beugte ich mich weiter vor – und wäre im nächsten Moment beinahe von einem Stein im Gesicht getroffen worden. Noah riss mich gerade noch rechtzeitig zur Seite, als ein ganzer Haufen Geröll aus dem Portal hervorbrach. Es war wie eine kleine Steinlawine, nur dass die Brocken nicht von oben nach unten fielen, sondern von unten herauf. Polternd kullerten sie nach allen Seiten, dann kehrte gespenstische Stille ein.

„Bist du okay?“, flüsterte Noah mir nach ein paar Schrecksekunden von hinten ins Ohr.

Ich nickte. „Also, was auch immer den Durchgang blockiert hat“, sagte ich ein bisschen heiser, „wir haben es gerade weggesprengt.“ Langsam streckte ich die Hand aus und sie tauchte ohne jeden Widerstand durch das Portal.

19. KAPITEL

Eine Ladung Steine

Natürlich hatten wir die Versammlung verpasst, aber das war noch nicht mal das Schlimmste. Viel mehr erschreckte mich Nanas Gesichtsausdruck, als wir nach Hause kamen.

„Wo, um alles in der Welt, seid ihr gewesen?", rief sie und sprang auf. „Ich habe sicher zwanzig Mal versucht, euch zu erreichen!"

„Wir waren unterwegs und … dort gab es keinen Empfang", sagte ich beklommen. Nana wurde nur sehr selten ärgerlich und enttäuscht von mir hatte ich sie überhaupt noch nie erlebt. Doch als sie sich jetzt kopfschüttelnd wieder aufs Sofa sinken ließ, merkte ich deutlich, dass sie sich im Stich gelassen fühlte.

„Ich verstehe euch wirklich nicht“, meinte sie. „Euer Plan hat mir so gut gefallen! Auch die Einladungen waren toll. Schade, dass kein Fabelwesen darauf reagiert hat, aber *ihr* hättet doch wenigstens kommen müssen!“

„Tut uns echt leid. Wir wurden aufgehalten“, sagte Noah. Ich wusste, dass er sich genau wie ich den Kopf darüber zerbrach, wie viel wir Nana erzählen sollten. Sie wirkte so erschöpft, dass es vielleicht besser war, mit Berichten über rätselhafte Portal-Blockaden bis morgen zu warten. Nach einer kurzen Pause schob Noah hinterher: „Das heißt wohl, die Versammlung ist nicht gut gelaufen?“

„Nicht gut? Es war eine Katastrophe.“ Nana zog sich das Tuch vom Kopf und fuhr mit den Fingern durch ihre kurzen Haare. „Fast jeder hatte irgendeine Beschwerde vorzubringen: über diebische Kobolde, lärmende Banshees oder magische Streiche von Feen. In letzter Zeit haben es die Fabelwesen hier ziemlich bunt getrieben und die Leute machen sich Sorgen. Trotzdem hat es kurz so ausgesehen, als könnte ich sie beruhigen. Ich habe vorgeschlagen, eine Art Fabelwesen-Beauftragte zu werden, die man jederzeit um Hilfe bitten kann. Aber dann kam Brenda und hatte einen ganzen Stapel Berichte über gefährliche Fabelwesen dabei: Banshees, die ihren Todesschrei zum Spaß an anderen ausprobieren; blutrünstige, nimmersatte Ghule und Drachen; Feen, die Menschen mit ihrem Bannzauber verrückt werden lassen … Von da an waren alle komplett aus dem Häuschen. Fergus hat ein ganzes Paket Salz zur Abwehr von Pech verstreut, Mr Murphy ist bei dem Lärm von Tildas Arm gesprungen und wild durch die Gegend gerast, Tilda hat gekreischt, dass er vielleicht verhext ist, weil eine Fee sich gestern in ihrer Nähe so verdächtig an der Nase gekratzt hat, und …“

„Bitte warte mal“, unterbrach ich Nanas Wortschwall. „Was meinst du mit ‚Aber dann kam Brenda‘? Soll das heißen, sie hat sich verspätet?“

„Ja, das war schon merkwürdig“, räumte Nana ein. „Sie ist ja sonst die Pünktlichkeit in Person. Aber diese Geschichte scheint sie so sehr aufzuwühlen, dass man sie kaum wiedererkennt. Als sie hereingeplatzt ist, war sie ganz rot und verschwitzt und hatte sogar dreckige Hände – man stelle sich vor: *Brenda Graham* mit Schmutzfingern!“

Noahs Blick schnellte zu mir. Einen Moment lang starrten wir einander an, bis ich stockend hervorbrachte: „Das … das ist wirklich schwer zu glauben.“

„Wie auch immer – sie beharrt darauf, dass Fabelwesen das *Graham's Inn* nicht mehr betreten dürfen. Wir haben keine andere Wahl, als abzuwarten. Vielleicht kommt sie ja von selbst wieder zur Vernunft.“ Nana streckte seufzend den Rücken durch. „Ich bin total erledigt. Bringt ihr Schmuggel zu André ins Wartezimmer und füttert die beiden, damit ich mich schon mal aufs Ohr hauen kann?“

Wir nickten stumm und Nana ging nach einem müden kleinen Lächeln in ihr Zimmer. Als sie die Tür hinter sich geschlossen hatte, stieß Noah zischend die Luft aus. „Dir ist klar, was das bedeuten könnte, oder?“

„Schon, aber ich traue Brenda so was einfach nicht zu“, flüsterte ich. „Vollkommen ausgeschlossen!“

„Sicherheit haben wir erst, nachdem wir sie gefragt haben.“ Noah fasste Schmuggel am Halsband und zog ihn wieder ins Freie. Während ich den beiden über den dunklen Hof folgte, protestierte ich: „Brenda hat bestimmt keine Ahnung, wo das Tor zur Feenwelt ist oder wie es funktioniert. Sie würde gar nicht auf die Idee kommen, es zu versperren! Außerdem glaubst du doch wohl nicht, dass sie etwas mit den Blockaden *in ganz Irland* zu tun haben könnte, oder?“

„Ich hab ja auch keine Ahnung, Ruby! Auf jeden Fall ist es das Werk einer Person, die Fabelwesen abgrundtief hasst, und wir müssen unbedingt …“ Noah, der die Tür zum Praxisgebäude aufgerissen hatte, brach ab. Erst mit etwas Verspätung begriff ich, warum er nicht weitersprach: André lag gemütlich auf seinem Kissen und hob ein wenig die Ohren, als wir hereinkamen. Ansonsten zeigte er keine Reaktion. Hatte er nichts verstanden oder war es ihm einfach egal, was im Leben seiner Tochter vor sich ging? Während wir die Näpfe füllten, schaute ich ein paarmal zu ihm hinüber, aber ich konnte seine Haltung und Mimik nicht lesen. Er wirkte einfach nur wie ein leicht gelangweilter Hund.

Als wir wieder im Freien waren, riss Noah mich aus

meinen Gedanken. „Also, wenn jemand einen solchen Hass auf Fabelwesen hat, müssen wir herausfinden, wer das ist!“

Ich holte tief Luft. „Okay, aber danach war’s das mit den Geheimnissen. Sobald wir das überprüft haben – und ich wette, der Verdacht ist falsch –, bitten wir Nana wegen der versperrten Portale um Hilfe. Es wird sie beunruhigen, aber sie weiß sicher besser als wir, was zu tun ist.“

„Abgemacht.“ Noah hielt mir die rechte Hand entgegen, damit ich einschlagen konnte, und ließ mich dann auf dem ganzen Weg bis zum Inselzentrum nicht mehr los. Er drückte meine Finger sogar noch ein wenig fester, als wir beim *Graham’s Inn* ankamen. Wahrscheinlich hatte er ein ähnlich flaues Gefühl im Magen wie ich. Zwar kannte er Brenda erst seit ein paar Wochen, aber mal abgesehen von ein paar Schimpftiraden, wenn er ihr Gasthaus mit schmutzigen Schuhen betreten hatte, war sie immer nett zu ihm gewesen. Konnte es sein, dass sie sich jetzt plötzlich von einer ganz anderen Seite zeigte?

Das *Graham’s Inn* schien für diesen Abend bereits geschlossen zu haben, denn hinter den Fenstern im Erdgeschoss war alles finster. Noah und ich mussten eine ganze

Weile an die Tür klopfen, bis Brenda öffnete. Mit ihrem rosa Bademantel, den Plüschpantoffeln und den Lockenwicklern im Haar sah sie so gemütlich aus, dass es mir gleich besser ging. Sicher lagen Noah und ich mit unseren Befürchtungen komplett daneben!

„Ach, ihr seid es", sagte Brenda überrascht. „Ist alles in Ordnung? Wart ihr schon zu Hause? Bei der Versammlung hatte ich den Eindruck, dass Cleo sich Sorgen um euch macht."

„Ja, alles okay", antwortete ich und schaffte es sogar, ein bisschen zu lächeln. *Nur ein Missverständnis, weiter nichts.* „Wir sind an Orins Schafweide vorbeigekommen und dachten, wir hätten etwas gefunden, das du vor der Versammlung dort verloren hast. Aber das kann gar nicht sein, oder? Du bist ja bestimmt vom *Graham's Inn* direkt zum Schulgebäude gegangen …"

Brenda spannte sich merklich an. Nervös fummelte sie an einem ihrer Lockenwickler herum, dann fragte sie: „Was habt ihr denn gefunden?"

Noah und ich erstarrten. Einen Moment lang brachten wir keinen Ton heraus und während dieser Pause schien Brenda immer unruhiger zu werden. „Na ja", sagte Noah schließlich, „vielleicht einen Haufen Steine?"

Brenda zuckte zusammen – fast wie ein Dieb, den man auf frischer Tat ertappt hatte. „Es stimmt, ich habe auf Orins Weide einen Haufen Steine zusammengetragen“, sagte sie widerstrebend. „Aber das hat seine Gründe, die euch überhaupt nichts …“

„Du hast das Portal zur Feenwelt zugesperrt!“, platzte ich heraus. „Wie konntest du das nur tun?“

Wieder rückte Brenda mit einer hektischen Bewegung die Lockenwickler zurecht. „Wenn ihr das schon wisst, dann fragt doch nicht so dumm“, sagte sie abweisend.

„Brenda! Ist dir denn nicht klar, was es bedeutet, wenn es keine Verbindung mehr zwischen der Feenwelt und Patch Island gibt?“

„Selbstverständlich: Wir bleiben von aufdringlichen, übernatürlichen Besuchern verschont.“

„Aber es könnten auch keine Patienten mehr zur magischen Pflegestation kommen!“, rief ich. „Kranke und verletzte Fabelwesen wären auf sich allein gestellt!“

Brenda zögerte kurz, dann trat sie einen Schritt nach hinten. „Das ist bedauerlich, aber ich muss nun mal an unsere Sicherheit denken. Was ich alles über die Gefahren gelesen habe, die von Fabelwesen ausgehen können …“ Unheilvoll schüttelte sie den Kopf.

„Wo hast du das gelesen?“, bohrte Noah nach. „Und wie konntest du den Eingang zur Feenwelt überhaupt finden?“

„Ganz einfach“, sagte Brenda, „ich habe *das Google* gefragt.“ Noah stöhnte auf, doch die Wirtin ließ sich nicht beirren. „Als Cleo zum Festland gefahren ist, habe ich beschlossen, mich sicherheitshalber zu diesem Thema schlauzumachen. Und wo könnte man wohl die ganze, unverfälschte Wahrheit lesen, wenn nicht *im Google*?“

„Darüber sollten wir später noch mal reden“, meinte Noah und verzog das Gesicht. „Aber jetzt sag uns bitte, wonach genau du gesucht hast!“

„Ich habe meine Frage eingegeben: ‚Wie kann ich mich vor Fabelwesen schützen?‘ Da wurde mir eine ausgesprochen informative Seite angezeigt. Viele Menschen berichten dort, wie sie von Fabelwesen drangsaliert wurden – wirklich erschütternd! –, und es gibt eine Anleitung zum Finden und Versperren der Portale.“

In meinen Gedanken fiel ein Puzzleteil nach dem anderen an seinen Platz. *Deswegen* funktionierten nur noch so wenige Ausgänge in der Feenwelt! Offenbar stellten abergläubische Menschen neuerdings keine Milch für Heinzelmännchen mehr vor die Tür, sondern versuchten stattdessen, alles Magische in ihrer Umgebung loszuwerden!

„Es gibt im Internet auch supertolle Anleitungen, wie man Springbrunnen aus Cola und Kaubonbons machen kann“, sagte Noah finster. „Lies doch beim nächsten Mal lieber so was!“

„Du musst nicht frech werden, Noah Arons“, gab Brenda zurück. „Ich kann euch beiden nur empfehlen, selbst mal einen Blick ins Google zu werfen – dann wird sich eure Meinung über die magischen Störenfriede ganz schnell ändern.“ Damit wandte sie sich ab und die Tür zum *Graham’s Inn* fiel krachend ins Schloss.

20. KAPITEL

Brendas Quelle

Auf dem Nachhauseweg sprachen wir kein Wort. Ich fühlte mich von Brendas Geständnis wie erschlagen und Noah schien es ähnlich zu gehen. Stumm öffnete er die Haustür und marschierte in den Flur, als wollte er auf dem schnellsten Weg ins Bett – doch anstatt die Treppe hinaufzusteigen, lief er schnurstracks weiter in die Stube.

„Bingo“, hörte ich ihn von drinnen, „der Computer von deiner Grandma steht noch hier.“

Hastig schlüpfte ich aus meinen Gummistiefeln und eilte auf Zehenspitzen durch den Flur. Als ich die Stube erreicht hatte, saß Noah bereits vor dem aufgeklappten Laptop. „Nein“, flüsterte ich, „lass das bleiben! Wir haben ausgemacht, dass wir von jetzt an alles mit Nana besprechen!“

„Aber die schläft doch schon“, wandte Noah ein.

„Und genau das sollten wir ebenfalls tun. Musst du nicht morgen wieder früh aufstehen, um zu lernen?“

„Ich krieg sowieso kein Auge zu, bis wir Brendas Quelle unter die Lupe genommen haben. Du etwa?“ Noah klopfte neben sich auf die Couch und da fiel mir kein Gegenargument mehr ein. Leise schloss ich die Stubentür hinter mir, während Noah zu tippen begann.

„Das hier muss Brenda gemeint haben“, murmelte er. „Ist wohl eine Art Blog.“ Er klickte auf den ersten Treffer und wir warteten mit angehaltenem Atem darauf, dass die Website erschien. (Allerdings mussten wir zwischendurch doch nach Luft schnappen. Bei dem Tempo, das unsere Internetverbindung draufhatte, wären wir sonst wahrscheinlich erstickt.)

Endlich hatte sich der Blog vor uns aufgebaut und wir

sahen ein Banner, das aus zwei Zeichnungen bestand. Links zeigte es eine Banshee mit wirrem Haar und abscheulicher Grimasse – das Wesen auf der rechten Seite erinnerte vage an einen Kobold. Allerdings hatte es leere Augenhöhlen und nadelspitze Zähne. Zwischen den beiden Fratzen stand in blutroter Schrift: SIE SIND MITTEN UNTER UNS.

„Ja, das sind sie wohl", knurrte Noah. „Spinner, die Übernatürliches nur aus Horrorfilmen kennen." Er scrollte durch ein paar Blogbeiträge und wir stellten fest, dass es Erfahrungsberichte von Menschen aus ganz Irland waren. Manche der Texte klangen so, als könnten sie wahr sein – zum Beispiel, wenn es darin um verschwundene Süßigkeiten, winzige Fußspuren und seltsames Gekicher ging. Aber viele waren kompletter Unsinn.

„Eine Meerjungfrau streckte ihren Arm aus dem Abfluss und kniff mich beim Baden ins Hinterteil", las ich vor und verdrehte die Augen. „Genau. Popozwicken ist ein weit verbreitetes Hobby unter Meerjungfrauen."

„Das ist noch gar nichts", sagte Noah ungewöhnlich ernst. „Hier erzählt jemand, dass Feen versucht hätten, seine Kinder zu rauben. Und jemand anders meint, Fabelwesen hätten ihm eine schlimme Krankheit angehext."

Schweigend überflogen wir noch ein paar Texte, die immer unheimlicher wurden. Am Ende stand jedes Mal: SCHÜTZEN SIE IHRE FAMILIE – MACHEN SIE DIE TORE DICHT. Der Link darunter führte zu der Beschreibung, von der Brenda uns erzählt hatte: Man sollte nach einer kreisrunden, ‚toten' Stelle im Gras suchen und diese unter Steinen oder anderen schweren Gegenständen ‚begraben'.

„Weißt du, was das Schlimmste ist?", fragte ich gepresst. „Wir könnten zwar regelmäßig nachprüfen, ob das Portal auf der Schafweide frei ist, aber das nützt uns überhaupt nichts! Wenn anderswo immer mehr Portale blockiert werden, kommen die Fabelwesen stattdessen nach Patch Island. Dann gibt es viel zu viel Trubel, die Inselbewohner fühlen sich gestört und am Ende bemühen sie sich genau wie Brenda, unsere Gäste zu verscheuchen!"

„In jedem Fall sieht es für die magische Pflegestation übel aus", fasste Noah zusammen. „Und für uns, wenn Nocturno von der ganzen Sache erfährt." Mit finsterer Miene klickte er sich weiter durch den Blog und fluchte dann leise. „Ich wüsste zu gern, wer diese Seite eigentlich betreibt. Aber unter *Kontakt* gibt es nur ein Nachrichtenfeld und den Hinweis auf ein anonymes Postfach in

Merrymill, falls man irgendwelche Beweise schicken möchte."

Ich schreckte hoch. „Wie bitte?!"

„Na ja, es ist die Rede von winzigen Schuhen, seltsamen Blüten, leuchtenden Tränen in Schraubgläsern …" Noah brach ab, als ich ihn ein bisschen zur Seite drängte und den Laptop an mich heranzog.

„Merrymill", wiederholte ich aufgeregt. „Dort kommt doch auch Winnie her!"

„Na und? Sie kennt sicher trotzdem nicht jeden, der –" Jetzt zuckte auch Noah zusammen, als hätte ihn jemand mit einer Nadel gestochen. „O Mann", flüsterte er. „Mrs Silverton …?"

Ich konnte nur wortlos nicken. Seit die fiese Tierärztin mit dem Kutter meines Vaters geflohen war, hatte ich versucht, so wenig wie möglich an sie zu denken. Ich hatte mir eingeredet, dass ich mich über ihr Untertauchen freuen sollte und dass eine *verschwundene* Mrs Silverton jedenfalls besser war als eine anwesende. Aber jetzt dämmerte mir, wie falsch diese Hoffnung gewesen war. Ich wusste doch, dass es überhaupt nicht zu Mrs Silverton passte, klein beizugeben. Bei unserer letzten Begegnung war sie voller Hass und Rachsucht gewesen, weil sie ihre

Tierarztpraxis unseretwegen hatte schließen müssen. Eine Praxis, die sie jahrelang zusammen mit Winnie geführt hatte – in ihrer gemeinsamen Heimatstadt …

Noah atmete tief durch, dann beugte er sich wieder näher zum Laptop. „Wir könnten versuchen, uns bei dem Blogdienst anzumelden, der hier benutzt wurde", sagte er und öffnete ein neues Fenster.

„Und wieso checkst du dafür jetzt deine Mails?"

„Mach ich nicht. Aber wir brauchen Mrs Silvertons Mailadresse, um uns einzuloggen. Sie hat doch diesen Computer benutzt, während sie hier war, oder? Ihre Adresse ist also wahrscheinlich noch gespeichert." Noah tippte *mildred* in das Anmeldefeld und tatsächlich wurde gleich darauf eine komplette Mailadresse vorgeschlagen. Rasch kopierte Noah die Zeile, wechselte zurück zur Blogseite und fügte sie dort ein. Dann klickte er auf *Passwort vergessen*.

Verwirrt schaute ich zwischen Noah und dem Bildschirm hin und her. „Was jetzt? Schön, sie haben eine Mail verschickt, um das Passwort zurückzusetzen. Aber wir kommen doch nicht in Mrs Silvertons Posteingang!"

„Warte mal." Blitzschnell gab Noah auch im E-Mail-Programm an, dass er sich nicht an das Passwort erinnern konnte. Ich zerbiss mir fast die Unterlippe, während der Computer in aller Ruhe zu überlegen schien. Dann tauchte endlich ein neuer Text auf:

Möchten Sie Ihr Passwort zurücksetzen? Dann beantworten Sie bitte folgende Sicherheitsfrage: Wie lautete der Name Ihres ersten Haustiers?

Beinahe hätte ich gelacht, obwohl die Situation überhaupt nicht lustig war. Die Vorstellung von Mrs Silverton mit einem Haustier fand ich einfach zu schräg! Eher schrieb der alte Fergus Kitschromane oder war Bauer Orin ein Geheimagent!

Auch Noah schaute auf die Zeilen, als könnte er nicht fassen, was er da las. „Meinst du, wir sollten Winnie anrufen?", fragte er schließlich.

„Winnie wird uns nur bestätigen, was wir längst wissen: dass Mrs Silverton sich nie im Leben freiwillig um ein Tier gekümmert hat. Eigentlich wollte sie ja auch keine Tierärztin werden, sondern Ärztin für Menschen, erinnerst du dich?"

„Ja, aber irgendein Tier muss der Schreckschraube trotzdem mal wichtig gewesen sein", beharrte Noah. „Jedenfalls wichtig genug, dass sie seinen Namen niemals vergisst und – aua, mein Arm!"

„*Mrs Silvertons* Arm!“, korrigierte ich und starrte Noah aus geweiteten Augen an, während ich sein Handgelenk umklammert hielt.

Noah starrte zurück. „Okay“, sagte er langsam, „dreh jetzt bitte nicht durch.“

Vor lauter Ungeduld drückte ich noch ein bisschen fester. „Hör mir zu! Winnie hat doch erzählt, dass Mrs Silverton mal von einem Hund in den Arm gebissen wurde. Er hat so ähnlich ausgesehen wie Schmuggel und sein Name war ...“

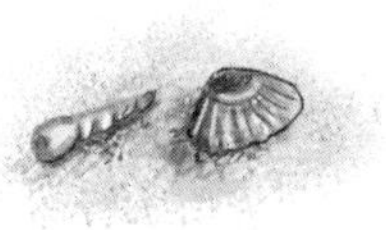

Noahs Augen leuchteten auf. „... Rover“, ergänzte er, und kaum hatte ich ihn losgelassen, huschten seine Finger wieder über die Tastatur. Leider schien der Computer einen neuen Rekord an Langsamkeit aufstellen zu wollen. Ich glaubte schon, dass ich jeden Augenblick vor Ungeduld explodieren müsste, da erschien ein kurzer Satz: *Wählen Sie ein neues Passwort*.

Seelenruhig gab Noah *Ichhassejeden123* ein und wir landeten im Posteingang. Sonderlich viele Mails schien Mrs Silverton nicht zu empfangen, aber ganz oben leuchtete eine ungelesene Nachricht. Mein Magen krampfte sich zusammen, als ich sah, dass sie tatsächlich von dem

Blogdienst stammte. Obwohl ich genau das erwartet hatte und Mrs Silverton sowieso fast alles zutraute, fühlte ich mich, als hätte mir jemand den Boden unter den Füßen weggerissen. „Also ist das wirklich ihr Blog“, stieß ich hervor. „Und sie hat es sich ernsthaft zum Ziel gemacht, möglichst viele Menschen gegen Fabelwesen aufzuhetzen!“

„Tjaaa, was das betrifft …“ Noah streckte die Arme aus und ließ seine Fingerknöchel knacken, dann schenkte er mir ein unschuldiges Lächeln. „Ich finde, wir sollten auf diesem Blog mal gründlich sauber machen. Sauberkeit hat die Schreckschraube doch so gern, nicht wahr?“

21. KAPITEL

Die Warnung

Am nächsten Morgen wurde ich von Nanas Stimme geweckt. Obwohl ich das Klingeln verschlafen hatte, wusste ich sofort, dass meine Großmutter telefonierte. Als Nächstes konnte ich hören, wie sie auflegte und den Schrank im Flur öffnete, um ihre Tasche für Notfälle herauszuholen. Ich war mit einem Satz aus dem Bett und lief zur Treppe. „Hey! Willst du dich etwa rausschleichen?“, rief ich nach unten.

Nana wirbelte herum und legte den Kopf in den Nacken. Als sie mich sah, verzog sie zerknirscht das Gesicht. Das war schon immer ihr Zwiespalt gewesen: Einerseits wollte sie mich nur im äußersten Notfall beim Schlafen stören, andererseits hasste sie Heimlichkeiten genauso sehr wie ich.

„In Doktor Thompsons Kaninchenstall ist ein Marder eingebrochen“, erzählte sie, während sie einen Regenmantel über ihren Pyjama zog. „Er und seine Frau konnten den Räuber zwar verscheuchen, aber ein paar der Kaninchen sind dabei entwischt und außerdem wahrscheinlich verletzt. Das schaue ich mir lieber mal an.“

„Wir kommen mit!“ Noah war neben mir aufgetaucht, noch in Jogginghose und mit strubbeligem Haar, aber genauso unternehmungslustig wie ich.

„Nichts da“, wehrte Nana ab und schlüpfte in ihre Gummistiefel. „Ihr habt euch gestern schon lange genug herumgetrieben. Das sollte fürs Erste reichen!“

Noah stöhnte. „Soll das bedeuten, wir haben jetzt Hausarrest?!“

„Dieser Ausdruck gehört nicht zu meinem aktiven Wortschatz“, sagte Nana würdevoll. „Ich glaube allerdings, mich erinnern zu können, dass dir eine wichtige Prüfung bevorsteht. Hast du dafür schon genug gelernt?“

„Ähm … kommt drauf an, was du mit *genug* meinst“, antwortete Noah.

„Dachte ich’s mir doch.“ Nana hängte sich die Arzttasche über die Schulter und marschierte zur Haustür. „Ich erledige meine Arbeit und ihr eure. Es herrscht sowieso ein wunderbares Wetter zum Lernen!“ Damit schlüpfte sie nach draußen und wir hörten den Wind aufheulen, ehe die Tür ins Schloss fiel.

Noah schüttelte den Kopf. „*Wunderbar* und *Lernen* in einem Satz. Deine Grandma ist manchmal echt schräg.“

„Aber eigentlich hat sie recht – wir haben gestern wirklich schon mehr als genug erlebt.“ Ich stockte, dann lächelte ich zaghaft. „Irgendwie fühle ich mich komisch.“

„Ach so? *Ich* fühle mich wie ein Geheimagent, der einen wichtigen Fall gelöst hat. Mit dem coolen Nebeneffekt, dass wir der Schreckschraube eins auswischen konnten“, meinte Noah und seine Augen funkelten genau wie in der vergangenen Nacht. Er hatte sämtliche Beiträge auf der Seite gelöscht und zum Schluss sogar eine Botschaft hinterlassen. Wenn man Mrs Silvertons Blog nun aufrief, fand man keine Horrorgeschichten oder gruseligen Bilder mehr. Stattdessen stand da bloß: *Die hier gebotenen Informationen*

waren ein grober Irrtum. Von der Manipulation eines Feenportals ist dringend abzuraten!

„Würde ja zu gerne sehen, was für ein Gesicht die Schreckschraube macht, wenn sie sich das nächste Mal einloggen will“, sagte Noah schadenfroh.

„Lieber nicht. Ihr freundliches Gesicht war schon unheimlich genug.“ Ich verzog die Lippen zu einem zähnefletschenden Grinsen, wie Mrs Silverton es immer aufgesetzt hatte, um sich bei den Inselbewohnern einzuschmeicheln.

Noah taumelte rückwärts. „Zu Hüüülfe!“, rief er klagend wie eine Banshee und flüchtete ins Badezimmer. Ich nahm die Verfolgung auf, und während wir uns die Zähne putzten, konnten wir gar nicht aufhören zu lachen. Nach all den Sorgen der letzten Tage fühlte ich mich ein bisschen überdreht und unendlich erleichtert. Dabei mussten wir ja noch für Frieden zwischen den Inselbewohnern und den Fabelwesen sorgen – aber sobald wir allen von dem Blog erzählt hatten, würden sie bestimmt ihre Meinung ändern. Kein Mensch auf Patch Island wollte dasselbe Ziel haben wie Mrs Silverton, da war ich mir absolut sicher!

Während ich in meinem Zimmer frische Jeans und einen blaugrünen Strickpulli anzog, polterte Noah bereits ins Erdgeschoss hinunter. Ich konnte hören, wie er den Frühstückstisch deckte und kurz darauf zog der Duft von Nanas Spezialtee durchs Haus. Als ich in die Stube kam, piepste gerade der Timer auf Noahs Handy. „Willst du Müsli oder Brot?“, fragte Noah über die Schulter hinweg, während er den fertigen Tee in zwei Tassen goss. „Ich schätze, für einen Zitronenkuchen von Kathleen ist es noch zu fr…“ Überrascht brach er ab, als erneut ein Piepsen ertönte. Mit einer Hand schob er mir meine volle Tasse entgegen, mit der anderen tippte er auf seinem Smartphone herum.

Ich hob die Tasse an meine Lippen und pustete auf den dampfenden Tee. „Nachricht von deinem Dad?“, fragte ich. Als Noah keinen Ton von sich gab, stellte ich die Tasse wieder auf den Tisch und beugte mich vor. „Ist alles in Ordnung?“

Langsam hob Noah den Kopf. Ich konnte sehen, wie seine Kehle sich bewegte, als er schluckte. „Ich fürchte, nein“, sagte er dumpf. „Schau dir das an.“ Er hielt mir sein Handy entgegen und ich starrte auf eine SMS von einer unbekannten Nummer.

Ich weiß, was ihr letzte Nacht getan habt. Wagt es ja

nicht, mir noch einmal in die Quere zu kommen! Wenn sich die Fabelwesen nicht aussperren lassen, bleibt mir nichts anderes übrig, als sie unschädlich zu machen. Medizin dafür habe ich genug.

Obwohl meine Hände immer noch an der heißen Teetasse lagen, wurde mir eiskalt. „Mrs Silverton?!“, flüsterte ich. „Aber … aber woher weiß sie denn, dass wir das mit dem Blog gewesen sind?“

„Na ja, wer sonst hätte erraten können, dass sie hinter der ganzen Sache steckt? Außerdem muss ihr klar gewesen sein, was wir von ihrem Blog halten würden.“ Noah zog sein Handy zurück, um den Text erneut zu überfliegen. „Ich frag mich vielmehr, woher sie meine Nummer kennt. Und was zum Teufel meint sie mit ‚Medizin‘?“

„Das magietötende Mittel, das mein Vater erfunden hat!“ Entsetzt schaute ich Noah an, aber er schüttelte beruhigend den Kopf.

„Dann wollte sie uns wahrscheinlich nur einschüchtern. André hatte erst eine einzige Dosis fertiggestellt, oder? Und die hat er sich ja unabsichtlich selbst gespritzt.“

Mit klammen Fingern rieb ich über die Gänsehaut auf meinen Armen. „Mrs Silverton hat André doch bei der

Herstellung geholfen. Vielleicht weiß sie schon gut genug darüber Bescheid!“

„Es ist was anderes, ob man im Labor nur Assistent ist oder ob man alles selbst machen muss“, entgegnete Noah. „Aber wenn du Zweifel hast, könnten wir der Sache leicht auf den Grund gehen …“

„Und wie?“, drängte ich, als er nicht weitersprach. „Noah, wir müssen unbedingt herausfinden, ob das nur eine leere Drohung ist! Sonst darf sich kein Fabelwesen mehr in Mrs Silvertons Nähe wagen!“

Noah zögerte noch einen Moment, während sein Blick abermals zur Nachricht auf seinem Handy wanderte. Dann holte er tief Luft und sagte: „Ruby, ich weiß, dass du noch warten wolltest – aber es wird Zeit für ein Gespräch mit deinem Dad.“

22. KAPITEL

Gespräch von Schlappohr zu Schlappohr

Komm schon, du schaffst das“, sagte Noah, als wir im strömenden Regen vor der Praxis standen. „In einen Hund kannst du dich doch am besten verwandeln, oder? Du musst dich nur ein bisschen mehr konzentrieren!“

Ich presste die Lippen zusammen. Noah hatte leicht reden – *er* brauchte sich ja kein Fell wachsen zu lassen, während seine Gedanken komplett verrücktspielten. Sooft ich versuchte, mir meine wuschelige, vierbeinige Gestalt vorzustellen, wurde ich von neuen Fragen abgelenkt: Würde André sich überhaupt auf ein Gespräch mit mir einlassen? War er noch sehr böse auf mich, weil ich seine Pläne durchkreuzt hatte? Wenn es nach ihm gegangen wäre, würden wir jetzt in irgendeiner großen Stadt wohnen, mit einem Pool und teuren Autos und anderem Luxus, aber ganz ohne Magie. Stattdessen schlief er Nacht für Nacht in einem Hundekorb. Vielleicht dachte er, das wäre alles nur meine Schuld?

„Pass mal auf." Noah stellte sich vor mich und schob die Kapuze meiner Regenjacke ein bisschen nach hinten, um mir in die Augen zu sehen. „Ich weiß, dass es zwischen dir und André Lavall jede Menge zu klären gibt. Aber im Moment geht es nicht darum, wie ihr als Vater und Tochter zueinander steht, okay? Du brauchst von ihm nur eine Information, und wenn er kein Vollidiot ist, wird er sie dir geben."

„Mein Dad ist kein Vollidiot", sagte ich und wischte mir ein paar Regentropfen von den Wangen.

„Nein. Er war zwar mal einer, aber wir hoffen ja, dass er

sich verändert hat." Aufmunternd boxte Noah gegen meine Schulter. Es war so eine doofe, koboldhafte Geste, dass ich gegen meinen Willen lächeln musste.

„Na schön", sagte ich und schloss die Augen. „Bin gleich zurück!" Noch während ich das sagte, verschwand die Kälte von Regen und Wind aus meinem Körper. Fiebrige Hitze breitete sich in mir aus und ich spürte, wie meine Beine zusammenschrumpften. Als ich das Gleichgewicht verlor, hatten sich meine Hände bereits in Pfoten verwandelt. Ich landete auf allen vieren und ein Meer von Gerüchen strömte in meine Nase: nasse Erde, Noahs Deo, Hundefutter und zwei Artgenossen hinter der verschlossenen Tür.

Ich öffnete die Augen wieder und mein Herz schlug beinahe einen Purzelbaum. Wie immer als Hund war ich voller Energie – hibbelig und begeistert zugleich. Schwanzwedelnd richtete ich mich an der Tür auf und kratzte mit den Vorderpfoten über das Holz. Jemand da drin roch so gut, so unheimlich *nett*, dass ich auf der Stelle zu ihm wollte! Der andere roch … komisch. Hunde-Ruby fiel kein besserer Ausdruck dafür ein.

„Okay, ich mach ja schon", murmelte Noah und kraulte mich kurz zwischen den Schlappohren, was meine Laune sogar noch verbesserte. Dann öffnete er die Praxistür und ich stürmte los. Völlig außer mir vor Freude rannte ich auf die Quelle des netten Duftes zu, hopste und fiepte wie wild und konnte mich kaum beruhigen.

Schmuggels Freude war nicht ganz so groß. Er öffnete ein Auge, grummelte leise und klopfte dann zweimal mit dem Schwanz auf den Boden. ‚Aha', erklang seine Stimme in meinem Kopf. ‚Du hast dich mal wieder dazu entschlossen, noch wuscheliger und aufgeregter zu sein als normalerweise.'

‚Ja, da bin ich! Hallihallo! Einen supertollen guten Morgen, du lieber großer Schmuggel!' Ich tänzelte vor Glück ein paarmal im Kreis, bis Noah sich neben mich hockte.

„Ruby, aus!", befahl er streng und da hielt ich augenblicklich inne. Zwar hätte ich sehr gerne noch weiter herumgetobt, aber *aus* hieß nun mal *aus*, da konnte man nichts machen. Also schaute ich aufmerksam zu Noah hoch. „Vergiss nicht, was wir vorhaben", sagte er. „Ich gehe jetzt die Pflegetiere füttern und nehme Schmuggel mit nach draußen, damit du und André euch in Ruhe unterhalten könnt. Alles klar?"

‚Was habt ihr Rotzgören jetzt schon wieder ausgeheckt?', wollte Schmuggel wissen, aber mir blieb keine

Zeit mehr, ihm alles zu erklären. Noah kraulte mich noch einmal kurz, dann führte er Schmuggel am Halsband hinaus. Ich blieb mit dem anderen, *komischen* Geruch in der Nase zurück.

Langsam drehte ich den Kopf, um zur hintersten Ecke des Wartezimmers zu schauen. Dort saß André kerzengerade in seinem Korb. Als Mensch hätte er vielleicht die Arme verschränkt und das Kinn nach vorne gereckt. Auf jeden Fall sah er nicht unbedingt freundlich aus – aber auch nicht direkt gemein. Trotzdem sträubte sich mein Nackenfell ein wenig, als ich näher an ihn heranschlich. ‚Du … weißt, wer ich bin, oder?', fragte ich stockend.

‚Selbstverständlich.' André schaute mich an, ohne zu blinzeln. Galt das zwischen Hunden nicht als ein Zeichen für Angriffslust? Oder betrachtete er mich einfach nur aufmerksam? Verflixt, weder mein menschliches noch mein tierisches Ich wusste, was es von André halten sollte. Ich war sozusagen doppelt verwirrt!

Mit etwas Sicherheitsabstand setzte ich mich vor meinen Vater auf den Boden. ‚Tut mir leid, dass ich bisher nicht mit dir gesprochen habe. Vielleicht war dir das sowieso lieber, aber jetzt brauche ich deine Hilfe', sagte ich und merkte zu spät, wie unverschämt das klang. André

ließ sich allerdings nicht anmerken, ob ihn diese Einleitung störte. ‚Worum geht es, *ma fille*?', fragte er ruhig.

Beim letzten Wort begann mein Puschelschwanz zaghaft zu wedeln. *Fille* hatte André mich auch bei unserer ersten Begegnung genannt und es konnte einfach nur *Mädchen* bedeuten – aber auch *Tochter*. Vielleicht war ich ihm ja doch nicht egal und er wollte trotz allem noch mein Vater sein!

‚Es geht um Mrs Silverton', erklärte ich hastig. ‚Ich bin nicht sicher, ob du weißt, dass sie mit deinem Kutter davongefahren ist. Jetzt ist sie wieder zu Hause in Merrymill und versucht von dort aus, alle Tore zur Feenwelt blockieren zu lassen. Außerdem droht sie damit, den Fabelwesen ihre Magie zu rauben! Glaubst du, dass sie das ernst meint?'

André hatte mir regungslos gelauscht. Nun legte er den Kopf zur Seite, als müsste er kurz überlegen, und fragte dann: ‚Ob ich ihr so negative Gefühle gegenüber Fabelwesen zutraue, meinst du? Ja, durchaus. Mildred hat alles Übernatürliche von Anfang an verabscheut. Als ich ihr zum ersten Mal eine Meerjungfrau zeigte, war sie außer sich vor Entsetzen. Aber genau das machte sie zur idealen Assistentin für meinen Plan, trotz ihrer unangenehmen Art.‘

‚Weil es für sie kein Problem war, dass du Fabelwesen eingesperrt hast?‘, ergänzte ich mit einem Ziehen im Bauch.

‚Korrekt. Es störte sie nur, wenn sie sich um diese Fabelwesen kümmern musste. Am liebsten hätte sie sich nämlich von ihnen ferngehalten‘, sagte André und er klang dabei so sachlich wie ein Nachrichtensprecher. Beinahe hätte ich ihn angekläfft, um ihn ein bisschen aufzurütteln. Hatte *er* denn begriffen, wie furchtbar sein Verhalten gewesen war? Tat es ihm mittlerweile leid? Ich schnüffelte, als müsste ich sein schlechtes Gewissen riechen können – dann zwang ich mich mühsam, bei der Sache zu bleiben. Es war genau so, wie Noah gesagt hatte: In diesem Mo-

ment ging es nicht um André und mich, sondern nur darum, was Mrs Silverton vorhatte.

‚Du denkst also, dass sie so etwas wirklich tun würde', fasste ich zusammen. ‚Aber *kann* sie es denn auch? Das Rezept für dieses Mittel hast du doch sicher geheim gehalten, oder?'

‚Natürlich habe ich das', sagte André. Gerade wollte ich vor Erleichterung wieder zu wedeln beginnen, da fügte er hinzu: ‚In meiner Kajüte habe ich allerdings sämtliche Aufzeichnungen zurückgelassen. Wenn Mildred diese Texte mitgenommen hat und jemand sie aus dem Französischen übersetzt …'

Weiter kam er nicht. Wie von selbst rannten meine Pfoten los und ich war schon fast bei der Tür, als ich André hinter mir bellen hörte. ‚RUBY, STOPP!'

Trotz meiner Eile merkte ich, dass er zum ersten Mal meinen Namen gesagt hatte. Meine Pfoten wurden ein bisschen langsamer und gleich darauf hatte André mich eingeholt. ‚Wo willst du denn hin?‘, fragte er, plötzlich viel weniger entspannt als zuvor.

‚Nach Merrymill!‘, japste ich. ‚Jemand muss Mrs Silverton stoppen!‘

Andrés Lefzen zogen sich leicht nach hinten. ‚So ein Unsinn. Du wirst bei diesem Wetter doch nicht übers Meer fahren!‘

‚Es gibt eine Abkürzung durch die Feenwelt. Ich muss nur durch das Portal auf Orins Schafweide und dann durchs nächste Portal in Mrs Silvertons Stadt. Wenn ich es irgendwie in ihr Haus schaffe, kann ich deine Aufzeichnungen vernichten und –‘

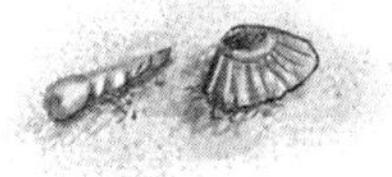

‚Nein.‘ Mit einem Satz war André zwischen mir und der Tür. Da erst wurde mir bewusst, wie groß er war – nicht so groß wie Schmuggel, aber mich überragte er bei Weitem. Unter seinem starren Blick zog ich Kopf und Schwanz ein, bis ich nur noch ein wuscheliges Knäuel war.

‚Wie bitte?‘, fiepte ich. Mein kleiner Hundekörper begann zu zittern, als André ein warnendes Grollen von sich gab.

‚Das lasse ich nicht zu‘, knurrte er. ‚Nur über meine Leiche!‘

Für die Dauer einiger Herzschläge konnte ich ihn nur fassungslos anstarren. Ich brauchte eine Weile, um zu verstehen – um wirklich und wahrhaftig zu begreifen, wie sehr ich mich geirrt hatte. André Lavall hatte sich nicht verändert. Kein bisschen. Er war noch genauso ehrgeizig, kalt und voller Hass auf Magie wie bei unserer allerersten Begegnung.

Als mir das klar wurde, konnte ich mich nicht mehr länger beherrschen. Ich warf den Kopf in den Nacken und jaulte meine ganze Enttäuschung und Traurigkeit laut heraus. Sofort öffnete sich die Tür und ich sah Noah zusammen mit Schmuggel auf der Schwelle stehen. Mein Vater drehte den Kopf, um meinem Blick zu folgen. Er war nur einen winzigen Moment lang abgelenkt, aber das genügte mir. So schnell mich meine Pfoten trugen, preschte ich an ihm vorbei ins Freie.

‚Halte ihn auf!', rief ich Schmuggel verzweifelt zu. ‚Bitte, lass ihn nicht hinterherkommen!'

Mit einem Ruck hatte sich Schmuggel aus Noahs Griff befreit. Er stürzte auf André zu, ein lautes Knurren ertönte, aber den Rest bekam ich nicht mehr mit. Hals über Kopf rannte ich weiter bis zum Hoftor, dann schaute ich mich kurz nach Noah um. Zum Glück war er mir bereits gefolgt. Auch durch den strömenden Regen konnte ich erkennen, wie verwirrt und erschrocken er dreinschaute, aber für Erklärungen war jetzt keine Zeit. Kaum hatte Noah mich erreicht, trommelten meine Pfoten wieder los. Durch aufspritzende Pfützen und Schlamm trugen sie mich nach Norden, während hinter mir das Knurren meines Vaters allmählich verklang.

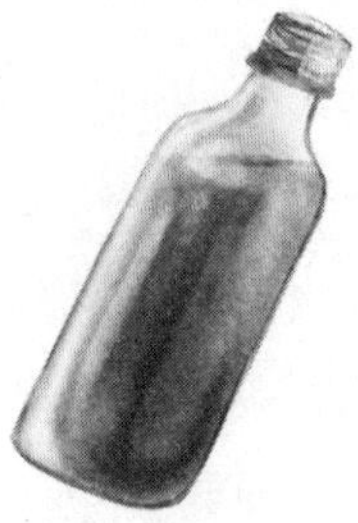

23. KAPITEL

Ab nach Merrymill

Erst auf Orins Weide verwandelte ich mich wieder zurück. Hechelnd kauerte ich mich ins nasse Gras und legte eine Pfote quer über meine Augen. Als ich Sekunden später den Kopf hob, war ich wieder ich selbst: ein Mädchen in schlammigen Jeans und Regenmantel, das nur mit Mühe die Tränen zurückhalten konnte.

Noah ging neben mir in die Hocke. „Erzählst du mir, was passiert ist?“, fragte er und seine Stimme klang ein bisschen rau.

Ich zog die Nase hoch und schüttelte den Kopf. „Nichts weiter. Mein Vater hat sich nur genauso benommen wie auf dem Kutter. Seine Aufzeichnungen sind wahrscheinlich in Mrs Silvertons Haus und André wollte verhindern, dass wir sie zerstören."

„Ruby …"

„Nein, ist schon gut", fiel ich Noah ins Wort. „Es war dumm von mir zu glauben, dass er sich in den letzten Wochen verändert hat. Irgendwie kam er mir als Hund so ruhig und zufrieden vor – da dachte ich, er hätte sich vielleicht damit abgefunden, dass wir Pookas sind. Aber das hat er nicht und ich brauche keinen Dad, der meine besonderen Fähigkeiten auslöschen will. Schon gar nicht, wenn ihm das wichtiger ist, als andere Fabelwesen zu beschützen!"

Noah schwieg einen Moment. Ich wusste, dass er noch etwas zu dem Thema sagen wollte, aber er hielt sich zurück. „Okay", murmelte er nur. „Und was jetzt?"

„Wir müssen hier weg, bevor André uns folgen kann. Wer weiß, wie lange er sich von Schmuggel aufhalten lässt! Warte, ich versuche, eine Einladung für dich zu bekommen."

Bevor Noah etwas erwidern konnte, sprang ich durch

das Portal. Der Weltenwechsel fühlte sich so an, als hätte mir jemand in der Dusche das Wasser abgedreht: Von einer Sekunde auf die andere stoppte der Regen und über mir spannte sich der rot verfärbte Feenwelt-Himmel. Kurz lag ich einfach nur still da und schaute nach oben. Ich hatte immer noch Andrés drohende Stimme im Ohr: *‚Nur über meine Leiche!‘*, und beim Gedanken daran wurde meine Brust ganz eng. Wie sollte es mit mir und meinem Dad weitergehen? Konnte ich ihn jeden Morgen im Wartezimmer besuchen, ihm zu essen bringen und dabei zusehen, wie er an mir vorbei auf den Hof stolzierte – während ich genau wusste, dass er einen Teil von mir abscheulich fand? Und wie würde es erst sein, wenn er wieder zum Menschen geworden war?

Stockend holte ich Luft, dann blinzelte ich meine Tränen weg. Eins nach dem anderen, sagte ich mir streng. Jetzt war keine Zeit, um Trübsal zu blasen. Ich krabbelte zu dem Strauch, in dem wir den Lauschtrichter versteckt hatten, und räusperte mich. Diesmal fiel es mir nicht schwer, ein Schimpfwort zu finden. Die Situation war dermaßen zum Fluchen, dass ich sogar übers Ziel hinausschoss. Das wurde mir aber erst bewusst, als eine hohe Stimme auf die Lichtung schallte: „Autsch, auweh, auweia!“, quietschte Felicity, dann schoss sie zwischen den Bäumen hervor. „Hey, da bin ich ja schon! Nicht nötig, mich weiter mit deinem Geschimpfe zu piksen!“

„Oh, entschuldige!“ Erschrocken ließ ich den Lauschtrichter fallen und sprang auf.

„Nichts passiert. Außer, dass ich mich fühle, als hätte ich mit einem Igel gerauft.“ Sie rieb sich über das rechte Bein – dort, wo die Warndistel in ihrer Hosentasche steckte – und schenkte mir ein breites Lächeln. Als ich es nicht erwiderte, wurde sie augenblicklich ernst. „Irgendetwas ist unflatterig schiefgelaufen, hab ich recht?“

„Total unflatterig“, bestätigte ich. „Kannst du mal schnell Noah einladen? Er wartet gleich dort auf der anderen Seite.“

Ohne zu zögern, kniete Felicity sich ins Gras und steckte den Kopf ins Portal. Sicher war das die einfachste Art, jemanden in die Feenwelt zu bitten, aber es war ein reichlich seltsamer Anblick – und wie es wohl erst aussah, wenn in der Menschenwelt ihr Kopf aus der Erde wuchs …?

„Die Schafe kriegen jetzt garantiert Albträume“, kommentierte Noah, als er wenige Sekunden später auf der Lichtung erschien. „Aber danke für die Einladung. Hat Ruby dir schon erzählt, worum es geht?“

Ich schüttelte den Kopf und berichtete, so schnell ich konnte, was wir über Mrs Silverton herausgefunden hatten. Felicitys Gesicht wurde immer blasser.

„Wenn diese Frau vielen anderen Menschen beigebracht hat, wie man Portale blockiert“, sagte sie, „wird sie dann nicht auch herumerzählen, wie man unsere magischen Fähigkeiten auslöscht?“

Ich zuckte zusammen. Daran hatte ich ja noch gar nicht gedacht! Mrs Silverton konnte zwar nicht mehr auf den Blog zugreifen, aber es war nur eine Frage der Zeit, bis sie einen neuen erstellt hatte. Dann wäre es kein Problem für sie, Andrés Aufzeichnungen öffentlich zu machen oder sogar das fertige Mittel online zu verkaufen!

„Umso dringender müssen wir ihr die Aufzeichnungen

wegnehmen“, meinte Noah. „Weißt du, ob es ein Portal direkt nach Merrymill gibt?“

Grübelnd kaute Felicity an einem ihrer Zöpfchen. „In der Feenschule mussten wir alle Portale auswendig lernen“, sagte sie. „Ich kann zwar nicht behaupten, dass ich bei der Prüfung sonderlich gut abgeschnitten habe, aber … lasst es uns mal versuchen.“

Sie breitete die Flügel aus und flatterte in Richtung Wald. Noah und ich mussten rennen, um dicht hinter ihr zu bleiben. Im Zickzack führte sie uns zwischen den Baumstämmen hindurch und ich gab mir Mühe, nicht auf die unheimlichen Wurzeln zu achten, die sich über den Boden schlängelten. Endlich kamen wir zu einer sehr kleinen Lichtung, die komplett mit Farn bewachsen war. Unter den fedrigen Blättern konnte man das Portal auf den ersten Blick gar nicht erkennen, aber dann sah ich es genau in der Mitte: dunkel und kreisrund wie ein verwunschener Brunnen. Felicity landete daneben und tippte mit der Fußspitze hinein.

„Blockiert“, stellte sie fest. „Aber das war ja klar, wenn diese Mrs Silverton in der Nähe wohnt. Zum Glück habe ich das hier.“ Mit einem stolzen Lächeln zog sie ein Fläschchen aus der Tasche ihrer Latzhose.

„Du hast eine neue Portion Blockaden-Lösungsmittel gekocht?", rief ich überrascht.

„O ja. Ich habe schon ganz viele versperrte Portale geöffnet, damit ihr auf Patch Island nicht mehr so viel Besuch bekommt. Die Feuerkopf-Kobolde haben mir sogar dabei geholfen! Die waren richtig froh, dass sie wieder in ihr altes Revier zurückkonnten. Aber …" Felicitys Lächeln verschwand und sie biss sich auf die Unterlippe. „Ich hatte natürlich keine Ahnung, dass ich damit vielleicht jemanden in Gefahr bringe."

„Hoffentlich nicht mehr lange." Ich griff nach dem Fläschchen und goss ein wenig von dem Inhalt auf das Portal. Als es genau wie am vergangenen Abend zu grollen begann, wichen wir sicherheitshalber ein paar Schritte zurück. Dann kam auch schon eine Ladung Erde und Geröll aus dem Boden geschossen.

„Mit schönen Grüßen von der Schreckschraube", brummte Noah und kickte einen Stein beiseite. „Auf drei?"

„Einen Moment noch!" Hastig schlüpfte ich aus meinem Regenmantel und hielt ihn Felicity hin. „Da drunter kannst du deine Flügel verstecken. Wir wollen in Merrymill ja nicht gleich für Chaos sorgen", sagte ich. Dabei versuchte ich, nicht darüber nachzudenken, dass wir ansonsten keinen wirklichen Plan hatten. Bei Mrs Silverton einbrechen – Aufzeichnungen finden und zerstören – Chaos vermeiden: Das bot Raum für unzählige Probleme. Zum Glück hatte ich keine Zeit, um mir Sorgen zu machen. Kaum hatte Felicity den Mantel über ihre Flügel gezogen, begann Noah auch schon zu zählen. Bevor er *drei* sagte, schloss sich seine Hand um meine, dann stießen wir uns vom Boden ab.

24. KAPITEL

Ein feenhaftes Ablenkungsmanöver

Das Erste, was ich hörte, war ein saftiges *FLATSCH*. Es klang, als hätte jemand einen Bauchklatscher in ein Schwimmbecken gemacht. Dann folgte ein leises Quieken.

„Na toll", klagte Felicity. „Ich bin zur Hälfte in einer Pfütze gelandet."

„Und zur anderen Hälfte auf mir", bemerkte Noah. „Finde ich jetzt auch nicht direkt bequem."

Ich öffnete die Augen und spähte blinzelnd durch die

Regenschleier. Neben mir waren Noah und Felicity gerade dabei, ihre Arme und Beine zu entwirren. Hinter ihnen sah ich einen grasbewachsenen Abhang, der zu einem Hafen hinunterführte – einem Hafen, den ich schon viele Male auf unseren Einkaufsfahrten gesehen hatte.

„Das ist es!“, rief ich und sprang auf. „Merrymill! Ich fasse es nicht, dass Cormack uns immer auf seinem Kutter hin- und herfahren musste, obwohl es so eine geniale Abkürzung gibt!“

„Die gibt es eigentlich nur für Fabelwesen, Rubylein“, erinnerte mich Felicity. „Übrigens sind Menschenkleider wirklich aus einem sehr interessanten Material. Nicht so hübsch wie Pflanzen, aber doch ziemlich praktisch.“ Sie krabbelte aus der Pfütze, die sich in einer Grasmulde gesammelt hatte, und schüttelte ein paar Wassertropfen von meinem Regenmantel.

Noah war inzwischen ebenfalls aufgestanden und aus seiner Jacke geschlüpft. „Hier“, sagte er beiläufig und reichte sie mir, ehe er sich die Kapuze seines Pullis über den Kopf zog. „Wie geht es jetzt weiter?“

Dankbar schlüpfte ich in die Jacke und vergrub meine Finger in den viel zu langen Ärmeln. „Wir müssen herausfinden, wo Mrs Silverton wohnt. Am besten, wir gehen in die Stadt und schauen uns dort ganz unauffällig …"

„Huhu!" Felicity hopste neben mir auf und ab und winkte mit beiden Armen. „Du da mit dem angeleinten Tier!"

„… oder so", murmelte ich, während ich nervös den Hügel hinunterschaute. Ein paar Meter weiter war ein Mann mit einem pitschnassen Jagdhund hinter einem Strauch hervorgetreten. Bei unserem Anblick schob er seinen Regenhut in den Nacken und sagte stirnrunzelnd: „Tag auch. Kann man euch irgendwie helfen?"

„Und ob! Würdest du uns bitte verraten, wo eine gewisse Mrs Silverton haust?", trällerte Felicity in einem Tonfall, der für Feen ganz normal war, aber bestimmt nicht zu einem schlammigen, verirrten Menschenmädchen passte. Eilig schob ich mich vor sie und bemühte mich um einen jämmerlichen Gesichtsausdruck.

„Ja, wir brauchen dringend den Rat einer Tierärztin, weil unser … äh …"

„Regenwurm", flüsterte mir Felicity hilfsbereit ins Ohr.

„… Meerschweinchen krank ist", vollendete Noah den Satz. „Glauben wir zumindest. Sein Fiepen klingt auf jeden Fall verdächtig."

Der Mann räusperte sich. „Nun, das tut mir leid zu hören“, sagte er, „aber ich glaube nicht, dass Mrs Silverton die richtige Ansprechperson ist. Früher war ich ein paarmal mit meinem Hund bei ihr und eigentlich ganz zufrieden – bis bekannt wurde, dass sie ihre Patienten mit Tabletten ruhigstellt. Sie musste ihre Praxis schließen und hat sich fast vollständig zurückgezogen. Keine Ahnung, was sie den ganzen Tag alleine in ihrem Haus treibt. Jedenfalls kann ich sie euch nicht empfehlen.“

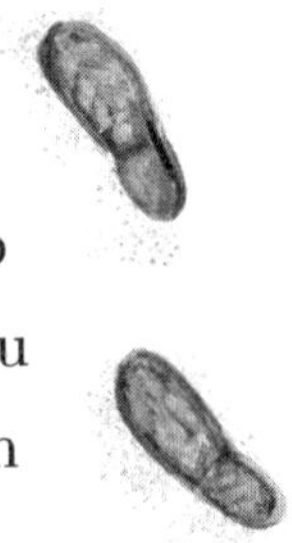

„Das lass mal unsere Sorge sein“, flötete Felicity, was auch nicht gerade nach einer normalen Jugendlichen klang. Trotzdem beschrieb uns der Mann nach kurzem Zögern den Weg zu Mrs Silvertons Haus und ging dann mit raschen Schritten weiter.

Felicity schaute ihm zufrieden hinterher. „Ein drolliger Kerl“, sagte sie und hüpfte leichtfüßig in die Richtung, die der Mann uns gezeigt hatte.

Zum Glück hatten wir keine Schwierigkeiten, Mrs Silvertons Haus zu finden, obwohl es ein ganzes Stück vom Portal entfernt war. Im Grunde sah es genau so aus, wie ich es mir vorgestellt hatte: modern, kantig und auf ungemütliche Weise perfekt. Außerdem stand es mit so viel

Abstand zu den anderen Häusern, als wollte es möglichst wenig mit ihnen zu tun haben.

„Was jetzt?“, wisperte ich, nachdem wir hinter der Mauer um Mrs Silvertons Garten in Deckung gegangen waren. Wobei das Wort *Garten* nicht wirklich zu den makellosen Kies- und Rasenflächen passte.

„Sieht nicht gut aus“, meinte Noah leise und deutete auf den Lichtschimmer, der von einem der Fenster über die Mauer fiel. „Die Schreckschraube ist definitiv zu Hause. Wir können also nur warten, bis sie mal einen Spaziergang macht.“

„Bei diesem Wetter?“, fragte ich.

„Tja.“ Noah zuckte mit den Schultern. „Oder wir locken sie irgendwie da raus. Aber ich hab keine Ahnung, wie wir das anstellen sollen. Uns darf sie auf keinen Fall sehen und Felicity sollte sich …“

„Als Fabelwesen outen!“, stieß ich hervor.

Noah schaute mich an, als hätte ich gerade einen unheimlich blöden Witz gemacht. „Äh, nein. Genau das sollte sie nicht.“

„Doch, genau das sollte sie!“, beharrte ich, während mein Herz vor Aufregung zu hüpfen begann. „Überleg mal: Wenn Mrs Silverton hier eine Fee sieht, wird ihr sofort klar, dass das Portal offen ist. Dann rennt sie bestimmt los, um es wieder zu verschließen!"

„Ich könnte an ihrem Fenster vorbeifliegen!", schaltete sich Felicity ein, die anscheinend Gefallen an meinem Plan gefunden hatte. Kein Wunder: Die meisten Feen liebten es, mit Sterblichen ihren Schabernack zu treiben.

„Na schön, versuchen wir's", sagte Noah. „Aber es muss so wirken, als würdest du ganz zufällig hier vorbeiflattern, okay? Wenn die Schreckschraube Verdacht schöpft, dass jemand hinter ihr her ist, verschanzt sie sich ja erst recht im Haus."

Felicity nickte und schlüpfte aus dem Regenmantel, um ihre Flügel zu befreien. „Ich denke, das kriege ich hin", meinte sie eifrig. „Sobald die Menschenfrau losgerannt ist, hefte ich mich an ihre Fersen. Sie wird sicher eine Weile brauchen, um genügend Steine zum Portal zu schaffen, und ihr könnt inzwischen ihr Haus durchsuchen. Wenn sie sich auf den Heimweg macht, fliege ich sofort zurück und warne euch. Einverstanden?"

Noah und ich wechselten einen Blick. Das Ganze klang zwar riskant, aber es war immerhin ein richtiger Plan. Kurz drückte ich Felicitys Hand, ehe sie ihre Flügel ausbreitete. Der Wind wehte in kräftigen Böen, doch sie schaffte es mühelos, sich in die Luft zu schwingen. Mit angehaltenem Atem beobachtete ich, wie sie über die Mauer flog und dann auf Höhe des erleuchteten Fensters rund ums Gebäude sauste. Dabei jauchzte sie und schlug Purzelbäume in der Luft, so als wäre sie einfach eine ausgelassene Fee auf Menschenwelt-Besuch. Leider schienen Mrs Silvertons Fenster sehr dicke Scheiben zu haben. Als ich vorsichtig über die Mauer linste, konnte ich im hellen Viereck keine Bewegung erkennen. Wieder jagte Felicity ums Haus, diesmal trällerte sie aus voller Kehle ein Koboldlied – und da, endlich, erschien eine Gestalt am Fenster.

Eine hochgewachsene, dürre Gestalt mit kreidebleichem Gesicht. Sogar aus der Entfernung glaubte ich, eine Mischung aus Entsetzen und Zorn in Mrs Silvertons Miene zu erkennen. Blitzschnell zog ich den Kopf ein und presste mich gegen die Mauer. Ein paar Sekunden später landete Felicity neben uns.

„Puh, die sieht für einen Menschen echt unheimlich aus“, keuchte sie. „Fast wie meine Patentante, die Ober-Banshee Brendolynn!“

„Pst!“ Warnend legte ich einen Finger auf die Lippen, während ich lauschte. Es dauerte nicht lange, bis wir das

Klappern der Haustür hörten. Danach blieb es eine Weile still. Noah, der mit seiner schwarzen Kapuze am unauffälligsten war, reckte wie in Zeitlupe den Kopf über die Mauer.

„Sie schaut sich nach allen Seiten um“, flüsterte er. „Wahrscheinlich will sie sichergehen, dass keine Fabelwesen in der Nähe sind. Und keine Menschen, die sie für durchgeknallt halten könnten.“

„Wieso denn für durchgeknallt?“, hauchte ich.

„Weil sie eine Schubkarre und einen Spaten dabeihat.“

Im nächsten Moment ertönte ein metallisches Scheppern, das sich schnell auf uns zubewegte. Noah packte mich am Ärmel. „Weg vom Gartentor!“, zischte er. Geduckt huschten wir an der Mauer entlang und ich war froh, dass der Regen unsere Schritte übertönte. Gerade noch rechtzeitig konnten wir uns hinter die nächste Ecke kauern, da kam Mrs Silverton mit ihrer Schubkarre den Weg entlanggeeilt. Sie murmelte irgendetwas vor sich hin, wovon ich nur ein paar Satzfetzen verstand: „Habe doch gerade erst … na warte … Nase voll von diesen Monstern!“

Schaudernd drehte ich mich zu Felicity. „Lass dich bloß nicht erwischen“, wisperte ich.

Sie schenkte mir ein kleines Lächeln, während sie wieder den Regenmantel über ihre Flügel zog. „Gleichfalls, Rubylein", gab sie leise zurück. „Und vergesst nicht, die Haustür offen zu lassen, damit ich euch warnen kann!" Mit diesen Worten stand sie auf, zwinkerte uns noch einmal verschwörerisch zu und schlich dann Mrs Silverton hinterher. Noah und ich blieben reglos neben der Mauer sitzen, bis die beiden hinter dem nächsten Hügel verschwunden waren.

„Dass sie sich das traut", sagte ich und musste schlucken.

„Sie hat Mumm, das muss man ihr lassen", bestätigte Noah, „nur leider ist sie auch ganz schön verpeilt."

„Wieso?" Mein Magen zog sich vor Schreck zusammen, als ich zu Noah hinüberschaute. Er sah aus wie jemand, der furchtbare Zahnschmerzen hatte.

„Ich stell diese Frage ja nur ungern", meinte er gedehnt, „aber wie kommen wir jetzt ins Haus? Mrs Silverton hat natürlich die Tür zugemacht – und das Blockaden-Lösungsmittel steckt noch in Felicitys Tasche!"

25. KAPITEL

Ich spiele Weihnachtsmann

Das darf doch nicht wahr sein!“ Ich ließ meinen Kopf nach vorne kippen und drückte das Gesicht in meine Hände. Nun waren wir so weit gekommen, Andrés Aufzeichnungen befanden sich praktisch vor unserer Nase – aber sie sollten trotzdem unerreichbar für uns sein?!

„Blöd, dass wir nicht daran gedacht haben“, sagte Noah und ich konnte ihm anhören, dass er genauso frustriert war wie ich. „Wenn wir Felicity jetzt hinterherrennen, bemerkt uns die Schreckschraube ganz sicher. Und bei diesem Wetter hat sie natürlich kein Fenster offen gelassen, durch das wir einsteigen könnten."

Mein Kopf flog hoch. „Warte mal! Bei diesem Wetter würde man nicht nur die Fenster schließen, sondern eigentlich auch heizen, oder? Aber aus dem Schornstein kommt ja gar kein Rauch!"

Verständnislos schaute Noah mich an. „Nett, dass du dir um Mrs Silvertons Wohlbefinden Sorgen machst. Aber ich schätze, sie hat eine moderne Heizung."

„Und wozu dann dieser große Schornstein?", beharrte ich.

„Für einen schicken offenen Kamin?", schlug Noah vor. „Vielleicht steht die Schreckschraube auf romantische Stimmung, während sie fiese Blogbeiträge schreibt. Oder sie wartet immer noch auf den Weihnachtsmann, der …" Seine Stimme wurde immer leiser, dann riss er die Augen auf. „Ruby, nein!"

„… durch den Schornstein kommt", beendete ich den Satz und versuchte, es möglichst entschlossen klingen zu lassen. „Daran könnte man sich doch ein Beispiel nehmen."

„Du spinnst! Hast du eine Vorstellung, wie tief es da

runtergeht? Außerdem ist es wahrscheinlich stockfinster und eng und – verdammt, ich war schon immer der Meinung, dass Santa Claus sich den allerblödesten Weg ausgesucht hat!"

„Für einen dicken Menschenmann mit einem Sack voller Geschenke ist es ein blöder Weg", räumte ich ein. „Aber nicht für eine Fledermaus."

Falls das überhaupt möglich war, wurden Noahs Augen noch größer. „Es ist tatsächlich dein Ernst, oder?"

„Na klar, Fledermäuse machen so was öfter! Nana und ich hatten auch mal welche im Kamin. War ganz schön kalt, bis sie nach zwei Tagen endlich weggeflogen sind und wir wieder Feuer machen konnten."

„Vielleicht waren sie ja so lange da drin, weil sie nicht mehr rausgefunden haben", sagte Noah kopfschüttelnd. „Ehrlich, Ruby, die Idee ist doch total bescheuert."

„Aber es ist die einzige Möglichkeit. Mrs Silverton hat die Haustür nur hinter sich zugezogen, ohne sie abzusperren. Also kann ich sie einfach von innen für dich öffnen!" Ich stand auf und verschränkte die Arme vor der Brust, so als hätte ich überhaupt keine Angst. In Wirklichkeit waren meine Knie weich wie Pudding. Nana hatte mir mal erklärt, dass Fledermäuse sich im Dunkeln mithilfe von

Ultraschall orientierten – aber was das genau bedeutete, hatte ich nicht verstanden. Wie, um Himmels willen, sollte ich es dann selbst hinkriegen? Ein Teil von mir hoffte, dass Noah abermals protestieren würde, er hob bloß die Hände, als wollte er sich ergeben.

„Also gut", sagte er, „wenn du das wirklich durchziehen willst, sollten wir keine Zeit mehr verlieren." Er schwang sich über die Gartenmauer und marschierte über den perfekten Kiesweg zum Haus. Auf meinen Puddingbeinen lief ich ihm hinterher, während ich mich an alles zu erin-

nern versuchte, was ich je über Fledermäuse gehört hatte. Leider fiel mir so gut wie nichts Hilfreiches ein. Waren Fledermäuse blind? Saugten sie Blut und würde ich vielleicht ebenfalls Appetit darauf bekommen? Bei diesem Gedanken wurde mir flau im Magen. Nur mit Mühe gelang mir eine selbstsichere Miene, als Noah mich noch einmal prüfend anschaute.

„Warte hier, ich mach dir gleich auf", versprach ich ihm schnell und kniff die Augen zu. So genau wie möglich stellte ich mir eine Fledermaus vor: den pelzigen kleinen Körper, die spitzen Ohren, die lederartigen Flügel. Trotzdem dauerte es ziemlich lange, bis das Verwandlungsbrennen begann – fast so, als hätten auch meine Pooka-Kräfte etwas gegen die Idee einzuwenden. Endlich breitete sich die typische Hitze in mir aus und ich spürte, wie ich zusammenschrumpfte. Gleichzeitig kam es mir so vor, als hätte jemand mehrere Radiosender auf voller Lautstärke eingeschaltet. Ein Chaos aus Tönen wirbelte um mich herum und brachte mich ganz durcheinander. Leider wurde es kaum besser, als ich die Augen öffnete. Ich war zwar nicht vollständig blind, konnte aber bloß ein paar undeutliche Formen erkennen. Hektisch breitete ich die Flügel aus und taumelte auf die helle Fläche zu, die Mrs Silvertons Haus sein musste.

Schornstein, erinnerte ich mich verschwommen. *Hineinfliegen.*

Dass ein Schornstein so etwas Ähnliches wie eine Höhle war, fand ich gerade äußerst verlockend. Nichts wie weg von diesem Wirrwarr aus Geräuschen und der fremden Umgebung! Allerdings konnte ich noch nicht besonders gut mit meinen Flügeln umgehen, sodass ich es nur mühsam bis zum Dach des Hauses schaffte. Im Zickzack schwirrte ich auf die Kaminöffnung zu, und als ich sie endlich erreicht hatte, stürzte ich mich direkt hinein.

Gleich darauf begriff ich, wie voreilig ich gewesen war – jetzt sah ich nämlich *gar* nichts mehr. Hilflos wirbelte ich im Kreis und stieß dabei immer wieder gegen die Mauern. Mir fiel ein, was Noah über die Fledermäuse in Nanas Kamin gesagt hatte: *Vielleicht waren sie ja so lange da drin, weil sie nicht mehr rausgefunden haben …*

Panik stieg in mir hoch und machte es mir noch schwerer, mich zu orientieren. Mein kleines Herz raste, während ich wie wild nach allen Seiten flatterte. Außerdem wurde mir fürchterlich heiß. Warum war es denn so warm hier drin?! Hatte Mrs Silverton etwa doch ein Feuer im Kamin angezündet?

Blödsinn!, sagte ich mir streng. Du riechst keinen Rauch, und wenn Mrs Silverton wiedergekommen wäre, hätte Noah sie aufgehalten. Das hier ist eine andere Hitze, eine Mischung aus Aufregung und Furcht und –

Vor Schreck wäre ich beinahe abgestürzt. *Das Verwandlungsbrennen!* Ich hatte das Gefühl, als wollte mein Körper wieder menschlich werden! Lag es daran, dass ich zu lange keinen Spezialtee getrunken hatte? Mrs Silvertons SMS war mir in der Küche zuvorgekommen und nun hatte ich meine Kräfte nicht richtig unter Kontrolle! Aber wenn ich mich jetzt zurückverwandelte und in diesem engen Schacht immer größer und größer würde … Der Gedanke war dermaßen schrecklich, dass ich die Nerven verlor. Voller Panik schrie ich auf – da passierte etwas Merkwürdiges: Der Ton prallte an der Mauer ab und wurde zu mir zurückgeschleudert. Es war, als hätte ich einen Gummiball nach vorne geworfen, um ein unsichtbares Hindernis zu finden. Plötzlich wusste ich genau, wo der Schacht zu Ende war, obwohl ich immer noch nichts sehen konnte. Vorsichtig begann ich, nach unten zu fliegen, während ich spitze Schreie ausstieß. Das Echo verriet mir klar und deutlich, wie viel Platz ich um mich herum hatte. Ohne noch ein einziges Mal gegen die Wände zu stoßen, fand ich den offenen Kamin und schoss daraus hervor. Als ich ein weißes Viereck am Boden sah, ließ ich mich erschöpft fallen. Dann dehnten sich auch schon meine Glieder und nur Sekunden später lag ich voller Asche auf Mrs Silvertons Wohnzimmerteppich.

26. KAPITEL

Auf der Suche

Das war *abgefahren*!“, keuchte Noah, als ich ihm die Haustür öffnete. „Ich dachte, dass ich mich an deine Pooka-Fähigkeiten längst gewöhnt hätte – aber dann fliegst du einfach mal als Batwoman durch die Gegend!“

„Na ja, einfach fand ich es nicht gerade.“ Ich hustete und wunderte mich beinahe darüber, dass kein Ruß aus meinem Mund gewirbelt kam. Der Geschmack auf meiner Zunge war so rauchig, als hätte ich einen Grillrost abgeleckt. „Das war sicher die schwierigste Gestalt, die ich je ausprobiert habe. Mal abgesehen von der Fliege."

Noah schaute mich fasziniert an. „Kriegst du beim Thema *Fliege* Appetit? Ich hab mal gelesen, dass Fledermäuse pro Tag ein Drittel ihres Körpergewichts an Insekten fressen …"

„Oh, hör schon auf." Ich drehte mich um und wollte zurück ins Wohnzimmer, aber Noah erwischte mich am Arm.

„Warte", sagte er, nun in einem ernsteren Ton. „Alles okay mit dir?"

„Ja, ist gerade noch mal gut gegangen", antwortete ich und musste schlucken. „Mir ist nur aufgefallen, dass ich heute noch keinen Tee getrunken habe. Also sollten wir weiteren Stress lieber vermeiden und schnell die Aufzeichnungen finden, ehe Mrs Silverton wiederkommt!"

Eilig führte ich Noah durch den Flur, der in kaltem Weiß und Silber eingerichtet war. An einer Wand standen mehrere Paare glänzender Stöckelschuhe in Reih und Glied und auch sonst war alles blitzblank geputzt. Außerdem hing ein so durchdringender Geruch nach Desinfektionsmittel in der Luft, dass mir davon fast übel wurde.

„Zumindest etwas Gutes hat Mrs Silvertons Ordnungswahn: Die Sachen von meinem Vater sollten nicht besonders schwer zu finden sein“, murmelte ich, um mir selbst Mut zu machen. Leider half es kein bisschen. Nachdem ich mich von meinem Fledermausabenteuer erholt hatte, begriff ich erst so richtig, was Noah und ich gerade taten. Wie man es auch drehte und wendete – wir waren Eindringlinge, *Einbrecher* im Haus einer Frau, die uns verabscheute. Wenn wir auf frischer Tat ertappt würden, hätten nicht nur die Bewohner der Feenwelt ein riesengroßes Problem, sondern auch wir. Mrs Silverton würde garantiert die Polizei rufen und uns festnehmen lassen. Nana konnte man zum Glück fast alles erklären, aber was war mit Noahs Dad? Der würde doch glauben, sein Sohn drehte vollkommen durch, anstatt für seine Prüfungen zu lernen!

Inzwischen hatten wir das Wohnzimmer erreicht und blieben an der Tür stehen. Hektisch ließ ich den Blick zum zweiten Mal über ein Sofa mit Schonbezug, einen Esstisch aus Glas und einige metallene Regale wandern. Die Bücher darin waren selbstverständlich alphabetisch geordnet, aber ich konnte nichts entdecken, das nach handschriftlichen Notizen aussah. Gleich neben den Regalen führte eine Treppe ins obere Stockwerk und weiter hinten im Raum befand sich eine Tür. Ich überlegte noch, wo wir zuerst suchen sollten, dann ließ mich ein Geräusch zusammenzucken.

Noah schaute mich von der Seite an. „Was ist?“

„Ich – ich dachte, ich hätte was gehört“, stammelte ich. „So ein Rauschen von oben, aber ich bin mir nicht sicher …“

„Das Rauschen von oben nennt sich Regen.“ Beherzt griff Noah nach meiner Hand und zog mich auf die Tür am Ende des Wohnzimmers zu. Falls er genauso nervös war wie ich, gab er sich große Mühe, es nicht zu zeigen. „Vielleicht ist dort ihr Arbeitszimmer“, sagte er in einem Tonfall, als wären wir bloß zu Besuch. „Wollen doch mal sehen, was die Schreckschraube so treibt, wenn sie nicht gerade ihr Haus in Desinfektionsmittel ertränkt.“ Er drückte die Klinke herunter, schob den Kopf in den Raum – und ich hörte, wie er scharf die Luft einsog.

Erschrocken spähte ich über seine Schulter hinweg durch den Türspalt. Der Anblick des Zimmers erinnerte mich an einen Film, den ich einmal mit Nana gesehen hatte: Da war jemand davon besessen gewesen, eine Verschwörung aufzuklären, und hatte den ganzen Raum mit Notizen vollgehängt. Auch hier waren die Wände regelrecht mit Zetteln tapeziert. Ich entdeckte verschiedene Pläne von Irland, Zeitungsartikel über angebliche Feenhügel, die für den Bau von Straßen plattgemacht werden sollten, und vor allem unzählige Texte aus dem Internet. Es sah aus, als hätte Mrs Silverton Informationen zu sämtlichen Fabelwesen gesucht, die ihr in den Sinn gekommen waren. *Beunruhigende* Informationen, um genau zu sein. Als ich mit zitternden Knien den Raum betrat, fielen mir Berichte über Zombies, böse Zauberer und Vampire ins Auge – allesamt Wesen, die es meines Wissens nach überhaupt nicht gab. Dazwischen hingen Zeichnungen in einem Stil, den wir bereits von dem Blogbanner kannten: gruselige Kobold- und Banshee-Gesichter in verschiedenen Farben und Größen. Bedrohlich starrten sie auf das Sofa hinunter, das in der Mitte des Raumes stand. Es wurde offensichtlich zum Schlafen genutzt, denn ein Kissen

und eine zusammengefaltete Decke lagen darauf. Bei der Vorstellung, nachts zwischen all den unheimlichen Bildern und Texten liegen zu müssen, rieselte mir ein Schauer über den Rücken.

„Ich verstehe das nicht", sagte ich tonlos. „Dieses ganze Zeug wirkt nicht, als wollte Mrs Silverton sich einfach nur an uns rächen. Oder als würde sie die Fabelwesen vertreiben, um auf ihre typische fiese Art Ordnung in der Menschenwelt zu schaffen. Nein, es sieht eher so aus, als hätte sie panische *Angst* vor Magie!"

„Oder, als hätte sie einen Dachschaden", murmelte Noah und jetzt war nicht zu überhören, dass er seine Lässigkeit nur vortäuschte. Mit einer bösartigen, rachsüchtigen Mrs Silverton war nicht zu spaßen, doch zumindest kannten wir sie so bereits. Wer aber konnte sagen, wozu diese Frau fähig war, wenn sie komplett die Nerven verloren hatte?

„Jedenfalls ist sie noch so pingelig wie früher", meinte ich zaghaft und deutete auf die perfekt zusammengefaltete Decke. „Sie würde also Andrés Sachen genau dort aufbewahren, wo sie am besten hinpassen. Müsste das nicht in diesem Zimmer sein?"

„Stimmt", sagte Noah. „Lass uns die Zettel finden und

dann hauen wir ab!“ Er ging zu einer Kommode, die am Fenster stand, und zog die oberste Schublade auf. Ich beugte mich inzwischen über das Schlafsofa, weil ich neben dem Kissen ein kleines ledernes Kästchen entdeckt hatte. Obwohl die Aufzeichnungen meines Vaters bestimmt nicht in diesem Etui steckten, griff ich wie ferngesteuert danach. Als ich es aufklappte, fand ich eine Brille mit braunem Gestell. Wie merkwürdig – die hatte ich noch nie an Mrs Silverton gesehen, obwohl wir immerhin ein paar Tage zusammengewohnt hatten. Trotzdem kam mir die Brille irgendwie bekannt vor. Stirnrunzelnd betrachtete ich sie, doch ich kam einfach nicht dahinter, wo ich dieses braune Muster schon mal gesehen hatte. Ich merkte bloß, dass mich bei seinem Anblick ein unangenehmes Gefühl beschlich.

„Noah“, flüsterte ich, „kennst du vielleicht …“

Bevor ich den Satz zu Ende bringen konnte, stand Noah plötzlich neben mir. Er packte meinen Arm und zog mich beinahe grob auf die Füße. „Wir müssen sofort hier raus!“, zischte er.

„Warum denn?“, fragte ich überrumpelt, während ich um mein Gleichgewicht kämpfte.

„Die Sachen in der Kommode“, stieß Noah hervor, „die gehören nicht Mrs Silverton!“

„Ganz genau“, sagte jemand hinter uns. „Es sind *meine* Sachen und ihr lasst gefälligst eure Finger davon.“

Noahs Hand um meinen Oberarm krampfte sich zusammen. Für einen kurzen Moment starrten wir einander reglos an und es schien, als würde die sanfte Stimme in unserem Schweigen nachhallen.

Dann drehte ich den Kopf und sah Noahs ehemaligen Betreuer, Mr Bennet.

27. KAPITEL

Alte Bekannte

Als Fabelwesen-Pflegerin hatte ich im Lauf der Jahre gelernt, an Dinge zu glauben, die mir zuvor unmöglich erschienen waren. Weder ein hustender Drache noch ein Ghul mit Bauchschmerzen brachte mich aus der Fassung und ich wunderte mich auch nicht mehr über eine tausend Jahre alte Fee, die sich beim Schaukeln den Flügel verrenkt hatte. Doch nun, als ich Mr Bennet ins hasserfüllte Gesicht schaute, kam mir das alles so vor wie ein seltsamer Traum.

„Was … was tun Sie denn hier?“, stotterte ich.

Mr Bennets Augen verengten sich, als wollte er uns mit seinem Blick durchbohren. Vielleicht versuchte er aber auch nur, uns klarer zu erkennen. Ihm fehlte ja seine Brille, die ihn immer so nett und ein bisschen kauzig hatte wirken lassen. Wie sehr dieser Eindruck täuschte, wusste ich inzwischen genau – trotzdem spürte ich fast keine Angst. Ich fühlte mich eher benebelt und zuckte nicht einmal zusammen, als Mr Bennet mich anfauchte: „Die Frage ist, was *ihr* hier verloren habt! Und wag es ja nicht, mich für dumm zu verkaufen, du missratenes Gör!“ Hektisch fuhr er sich über die spärlichen Haare, die nass an seiner Kopfhaut klebten. Jetzt wurde mir klar, dass ich vorhin tatsächlich ein Wasserrauschen aus dem oberen Stockwerk gehört hatte. Bedeutete das etwa, dass Mr Bennet hier wohnte? Standen wir gerade in *seinem* Schlafzimmer?!

Und dann ging mir plötzlich ein Licht auf. „*Sie* haben Mrs Silverton Noahs Handynummer gegeben, hab ich recht? Außerdem haben Sie das Banner für ihren Blog gezeichnet und …“

„Halt den Mund!“, fiel Mr Bennet mir ins Wort. „Hier stelle ich die Fragen, habt ihr kapiert? Es war wirklich schön, dass ich in letzter Zeit nichts mit Kindern zu tun hatte!“

„Sämtliche Kinder fanden das sicher auch schön“, kommentierte Noah. Obwohl er sehr blass geworden war, lag etwas Herausforderndes in seinem Blick. Mr Bennet hatte ihn Anfang des Sommers wochenlang mies behandelt und auch bei seinem Vater schlechtgemacht, während er vor anderen Leuten als fürsorglicher Privatlehrer aufgetreten war. Auch ich war leider auf diese Fassade reingefallen, aber jetzt konnte ich das überhaupt nicht mehr nachvollziehen. Mr Bennet sah mit seinen schmalen Augen, seinen zusammengepressten Lippen und den roboterhaften Bewegungen kein bisschen nett aus. Eher so, als stünde er kurz vorm Explodieren.

„Natürlich“, zischte er. „Noah Arons hat mal wieder nichts als Frechheiten auf Lager. Es hat mich auch kaum gewundert, dass ihr dreist genug wart, unseren Blog zu zerstören. Ihr beide seid eben durch und durch verkommen!“

„*Unseren* Blog?“, wiederholte Noah. „Ich fass es nicht. Das heißt, Sie spielen jetzt ernsthaft mit der Schreckschraube im selben Team?“

„Red nicht so über sie!“, brauste Mr Bennet auf und ein

Muskel an seiner Wange begann zu zucken. „Mildred ist eine bewundernswerte Frau, ich verdanke ihr eine Menge. Wir alle tun das! Wer weiß, wie viele gefährliche Kreaturen sich ohne ihr Engagement in ganz Irland herumtreiben würden – mal abgesehen davon, dass sie mich befreit hat!"

„Mrs Silverton hat Sie befreit? Waren Sie wegen der Sache mit dem Motorboot im Gefängnis?", hakte ich in einem möglichst harmlosen Tonfall nach.

„Unsinn", blaffte Mr Bennet. „Ich habe versucht, der Polizei alles zu erklären. Dank euch und der grausigen Todesfee hatte ich keine Fotobeweise mehr, also habe ich den Kobold und die Fee gezeichnet, auch euren verzauberten Schuppen habe ich genau beschrieben und …"

„… man hat Sie in ein Irrenhaus gesteckt", ergänzte Noah.

„In eine psychiatrische Anstalt, ja." Mr Bennets rundliche Finger ballten sich zu Fäusten. Die Erinnerung an diese Anstalt schien ihn noch viel mehr aufzuregen als unsere Fragen. Er machte sogar den Eindruck, als hätte er zwischendurch vergessen, dass wir hier waren. Sein Blick wirkte verschwommen und er fuhr wie in einem Selbstgespräch fort: „Zum Glück bin ich kurze Zeit später auf Mildreds Blog gestoßen. Endlich eine Gleichgesinnte im Kampf gegen diese Monster! Ich habe ihr geschworen, dass ich sie mit aller Kraft bei ihrer Mission unterstützen würde. Also hat sie mich gerettet."

„Aus einer geschlossenen Anstalt? Hat sie die Aufpasser dort mit einem Stöckelschuh k. o. geschlagen, oder was?", fragte Noah ungläubig.

„K. o. geschlagen nun nicht gerade, aber …" Mr Bennet verstummte. Anscheinend wurde ihm jetzt erst bewusst, dass er uns schon viel zu viel verraten hatte. Für einen kurzen Moment herrschte Stille, dann schnappte ich nach Luft.

„Sedimax", flüsterte ich. „Die Vorräte auf dem Kutter! Mrs Silverton muss etwas davon benutzt haben, um Ärzte und Pfleger einschlafen zu lassen!"

Noah verzog das Gesicht. „Ach du Schande", sagte er mit zusammengebissenen Zähnen. „Warum machen Sie beide so krasse Sachen?!"

Mr Bennets Augen weiteten sich, so als hätte Noah eine unfassbar seltsame Frage gestellt. „Aber das wisst ihr doch, wenn ihr den Blog gelesen habt", hauchte er. „Wir Menschen müssen uns schützen, sonst rennen wir geradewegs in unser Verderben! Alles Schlechte, das Mildred und mir in letzter Zeit widerfahren ist, hatte mit Fabelwesen zu tun: dass wir unsere Jobs verloren haben, dass man uns für wahnsinnig hält, unsere quälenden Albträume, und dass wir in ständiger Angst vor Monsterangriffen leben ... Darum wünschen wir uns eine Welt, die frei von Übernatürlichem ist! Eine Welt ohne Magie!"

„Aber so eine Welt wäre stinklangweilig!", platzte es aus mir hervor. „Außerdem passen viele Fabelwesen sehr gut in die Menschenwelt und fühlen sich hier zu Hause – ich weiß das, schließlich bin ich selbst eines!"

„Du?", fragte Mr Bennet und der Muskel an seiner Wange zuckte noch heftiger. „Ein Fabelwesen? Nein, ausgeschlossen. Du lügst. Genau dasselbe wolltest du mir doch schon in diesem Schuppen weismachen, aber ich falle ganz bestimmt nicht wieder darauf herein!"

„Hat Mrs Silverton Ihnen denn nicht verraten …", begann ich und brach ab. Auf einmal dämmerte mir, dass mein Vater Mrs Silverton nie von seinen und meinen Wandlerfähigkeiten erzählt hatte. Und dass ich etwas mit der schwarzen Katze zu tun hatte, die damals wie durch Zauberhand aus einem Zwinger entwischen konnte – besser gesagt, dass *ich* diese Katze gewesen war –, schien sie nicht durchschaut zu haben.

Während ich noch überlegte, was ich jetzt sagen sollte, trat Noah einen Schritt nach vorne. „Ja, ganz recht: Ruby ist ein magisches Wesen", bestätigte er. „Ein Pooka, um genau zu sein. Das bedeutet, sie kann sich in jedes beliebige Tier verwandeln. Worauf hättest du gerade Lust, Ruby, hm? Wie wäre es mit einem Tiger oder einem Grizzlybären?"

Verdattert schaute ich ihn an, doch mir blieb keine Zeit zu reagieren. Mr Bennet stieß ein Keuchen aus und taumelte rückwärts. „Keine Magie in meiner Nähe", stammelte er, die Hände abwehrend nach vorne gestreckt. „Alles, bloß keine Magie!"

„Das ist ein gutes Stichwort", meinte Noah seelenruhig. „Ihre nette Mildred hat gedroht, ein magietötendes Mittel als Waffe gegen Fabelwesen einzusetzen. Das können wir nicht zulassen. Würden Sie uns helfen, es zu verhindern?" Abwartend legte er den Kopf schief und ich staunte, dass er in dieser Situation so ruhig bleiben konnte. Als Mr Bennet nur stumm den Mund auf und zu klappte, nickte er auffordernd in meine Richtung. „Hey, Ruby, hast du dich schon für eine Gestalt entschieden?"

„Ich wollte immer mal ein … äh, Nashorn ausprobieren“, sagte ich und fand den Gedanken an ein schwarzes Nashorn tatsächlich ziemlich einschüchternd.

Mr Bennet fand das offenbar auch. „Schon gut!“, quiekte er. „Ich weiß, was ihr wollt. Die Anleitung, nicht wahr? Diesen französischen Text, in dem beschrieben wird, wie man das Medikament herstellt?“

Noah reckte einen Daumen hoch. „Jep. Und es wäre echt toll, wenn Sie sich beeilen könnten.“ Immer noch gelang es ihm, vollkommen ungerührt zu klingen, aber sein Blick flackerte zu mir. Vielsagend legte er einen Finger auf sein Handgelenk. Obwohl er keine Armbanduhr trug, wusste ich sofort, was er meinte. Von Mr Bennets Auftauchen waren wir so überrumpelt gewesen, dass wir gar nicht mehr auf die Zeit geachtet hatten! War Mrs Silverton vielleicht schon auf dem Heimweg? Würde Felicity gleich hier reinplatzen und uns sagen, dass wir verschwinden mussten?

Zum Glück schien Mr Bennet zu eingeschüchtert, um uns noch länger hinzuhalten. „D-die Sachen sind in einem Safe im Wohnzimmer“, erklärte er mit zittriger Stimme. „Wartet hier, dann kann ich …“

„Wir kommen mit“, sagte ich schnell.

Mr Bennet schluckte hörbar. Ohne ein weiteres Wort drehte er sich um und lief zurück ins Wohnzimmer, während Noah und ich ihm dicht auf den Fersen blieben. Falls er vorgehabt hatte, durch die offene Haustür zu flüchten, traute er sich jetzt nicht mehr. Stattdessen huschte er zu einem der Regale und schob ein paar Bücher beiseite. Dahinter kam ein Kasten aus Metall zum Vorschein – ein kleiner Safe mit einem Zahlenrad. Es knirschte leise, als Mr Bennet daran zu drehen begann. Nach einer Weile rüttelte er probeweise an der Klappe, aber die ließ sich nicht öffnen. Vermutlich hatte Mr Bennet sich mit dem Code geirrt und er drehte jetzt noch hektischer an dem Zahlenrad. So, als könnte er es kaum erwarten, den Safe zu öffnen …

Kribbelnd richteten sich die Härchen in meinem Nacken auf. Irgendetwas war hier faul! „Warum sind die Zettel eigentlich dort drin?“, fragte ich, während Mr Bennet verbissen weiter an dem Safe herumwerkelte. „Ich meine, Sie und Mrs Silverton haben doch nicht damit gerechnet, dass wir sie stehlen würden, oder?“

„Nein, aber wir befürchteten immer, dass uns gefährliche Fabelwesen zu nahe kommen.“ Ein Klicken ertönte, Mr Bennet öffnete tief durchatmend den Safe und griff hinein. „Darauf sind wir natürlich vorbereitet“, fügte er hinzu. Dann drehte er sich um – eine Pistole in der ausgestreckten Hand.

28. KAPITEL

Verwandeln verboten

Nun hört mir mal ganz genau zu", sagte Mr Bennet. „Ihr verhaltet euch schön ruhig, bis Mildred zurück ist. Sie soll entscheiden, was weiter mit euch passiert. Aber wehe, ich sehe von dir auch nur das kleinste bisschen Magie, Ruby Fairygale! Ich w-warne dich, hast du verstanden?!" Er umklammerte nun mit beiden Händen die Pistole und ich konnte sehen, dass er zitterte. Das fand ich sogar noch schlimmer als den Anblick seiner Waffe. Nana hatte mir beigebracht, dass panische Tiere unberechenbar waren – für Menschen galt sicher dasselbe.

Noah griff nach meinem Handgelenk und zog mich dicht an seine Seite. Seine Finger fühlten sich eiskalt an. „Schon klar, Sie hassen Kinder“, sagte er rau. „Aber deswegen werden sie trotzdem keine Minderjährigen mit einer Waffe bedrohen, oder?“

„Die da“, stieß Mr Bennet hervor und deutete mit dem Kinn auf mich, „die – die ist kein Kind. Kein Menschenkind, auf jeden Fall! Ich werde mich nicht wieder von irgendwelchen übernatürlichen Kreaturen in Gefahr bringen lassen, nicht von Monstern, nicht von Todesfeen und auch nicht von rothaarigen Bälgern, die sich in gefährliche Viecher verwandeln können!“

„Aber ich möchte Ihnen doch gar nichts tun“, beteuerte ich. „Bitte glauben Sie mir! Wir wollen, dass weder Fabelwesen *noch* Menschen etwas passiert!“

„So hat es sich vorhin nicht angehört“, zischte Mr Bennet. „Und so war es auch nicht, als ihr im Schuppen diese Banshee auf mich gehetzt habt!“

„Das haben wir doch nur gemacht, weil –“

„RUHE!“

Mr Bennets Brüllen ließ Noah und mich zusammenzucken. Dann wurde es totenstill und ich lauschte verzweifelt auf das Plätschern des Regens, das durch die offene Haustür drang. Hin und wieder klang es genau wie Flügelschlagen, was mich vor Angst beinahe durchdrehen ließ. Felicity durfte jetzt auf gar keinen Fall zurückkommen! Feen waren zwar unsterblich, aber nicht unverwundbar. Wie weit würde Mr Bennet gehen, wenn er es mit einem zweiten Fabelwesen zu tun bekam? Diese Vorstellung brachte mein Herz zum Rasen und ich atmete so schnell, dass mir schwindelig wurde.

Bitte bleib weg, bitte bleib weg, dachte ich immer wieder, während mir der Schweiß ausbrach. Meine Haut glühte, als hätte ich einen Sonnenbrand oder Fieber oder …

… als wäre ich gerade dabei, mich zu verwandeln.

Entsetzt richtete ich den Blick nach unten. Meine Finger hatten sich zusammengekrümmt und am Handrücken erkannte ich bereits einen dunklen Schimmer. Krallen! Fell! Warum, oh warum nur hatte ich heute Morgen keinen Tee getrunken? Ich war auf dem besten Weg, die Kontrolle über meine Wandlerfähigkeiten zu verlieren!

„Noah“, hauchte ich kaum hörbar.

Wortlos drehte Noah den Kopf. Unsere Blicke trafen sich, dann schaute ich schnell wieder auf meine Hand. Ich konnte deutlich spüren, wie Noahs Körper sich neben mir anspannte. Kein Zweifel, er hatte es ebenfalls bemerkt. Aber wie gut Mr Bennet wohl ohne seine Brille sehen konnte …? Meine Knie wurden weich, als sich das Glühen in meinem ganzen Körper ausbreitete. Mit der Zunge ertastete ich, dass meine Eckzähne bereits gewachsen waren.

„Denk an was Schönes!“, flüsterte Noah und ich versuchte es wirklich. Mit aller Konzentration stellte ich mir Nanas liebes, aufmunterndes Lächeln vor – doch dann fragte ich mich unwillkürlich, ob sie unser Verschwinden schon bemerkt hatte und sich nun furchtbare Sorgen machte. Das war kein bisschen beruhigend! Panisch klammerte ich mich an Noah, als ich das Gleichgewicht zu verlieren drohte. Gleich würde ich fallen und auf vier Pfoten landen!

Nur verschwommen bekam ich mit, wie Noah einen Schritt nach vorne machte, um mich zu verdecken. Sofort brüllte Mr Bennet wieder los: „Stehen bleiben! Was soll das, Noah Arons? Komm bloß nicht näher, hast du verstanden?!“

„Klar, Sie reden ja nicht gerade leise", sagte Noah. „Ich stehe schon ganz still, sehen Sie?" Er breitete die Arme aus, wie um seinen Satz zu unterstreichen. In Wirklichkeit versuchte er natürlich, mich noch mehr vor Mr Bennets Blick abzuschirmen – doch leider schöpfte Bennet sofort Verdacht.

„Weg von dem Gör!", kommandierte er und eine Mischung aus Panik und Zorn schwang in seiner Stimme mit. Über Noahs Schulter hinweg konnte ich sehen, dass sich sein pausbackiges Gesicht zu einer Fratze verzerrt hatte. „Was heckt ihr beiden aus? Stellt euch wieder nebeneinander und nehmt die Hände hoch!"

„Kann nicht", flüsterte ich Noah zu und schaffte es kaum, die beiden Wörter zu formen. Mein Mund wollte nicht mehr reden, sondern sich unbedingt in ein Maul verwandeln. Nie zuvor hatte ich einen Gestaltwechsel so lange gebremst und ich spürte, dass ich am Ende meiner Kräfte war. Es fühlte sich an, als stemmte ich mich gegen einen riesigen Felsbrocken, der mich jeden Augenblick überrollen würde.

„Wird's bald?!", schnauzte Mr Bennet. „Ich will sehen, was sie treibt!"

Als keiner von uns reagierte, stürmte er plötzlich los.

Mit schnellen Schritten umrundete er uns und ich schaffte es nicht mehr rechtzeitig, in Deckung zu gehen. Sein Blick traf geradewegs auf mich – ein Mädchen mit Reißzähnen und Krallen.

Mr Bennet taumelte nach hinten. *„Nein!"*, kreischte er und fuchtelte mit der Pistole in meine Richtung. „Keine Magie in diesem Haus, du fürchterliches, unnatürliches …"

Sein Satz endete mit einem erstickten Schrei. Ein Schatten war durch die offene Haustür geschossen und flog quer durch den Raum. Ich konnte gerade noch sehen, wie er sich auf Mr Bennet stürzte, ehe Noah mich von den Füßen riss. Unsanft landete ich auf dem Boden und da ließ sich die Verwandlung nicht mehr länger zurückhalten. Von einer Sekunde auf die andere wurde ich zu einem Hund, der jeden im Raum genau riechen konnte: Noah, Mr Bennet … und meinen Vater.

Dann krachte hinter mir ein Schuss.

29. KAPITEL

Mein Dad

Winselnd kam ich auf die Pfoten und schaute mich um. Mr Bennet hielt sein rechtes Handgelenk mit schmerzverzerrter Miene an sich gepresst. Die Pistole lag einen Meter entfernt und daneben kauerte ein schwarzer Hund, der eine blutende Wunde an der Flanke hatte.

Mit einem Hechtsprung erreichte Noah die Waffe und richtete sie auf Mr Bennet. Der stieß ein gehässiges Schnauben aus. „Mach dich nicht lächerlich, Junge", ächzte er, während er immer noch seinen gebissenen Arm festhielt. „Du kannst doch gar nicht mit einer Pistole umgehen."

„Meinen Sie? Laut Ihnen bin ich doch *durch und durch verkommen.* Wollen Sie herausfinden, ob diese Theorie stimmt?" Noah schaffte es, diese Worte absolut überzeugend klingen zu lassen. Eine Weile starrten er und sein ehemaliger Betreuer einander schweigend an, dann hob Mr Bennet die Hände.

Im nächsten Augenblick stürmte ich los. Hechelnd erreichte ich meinen Vater und stieß ihn unsaft mit der Schnauze an. ‚André!', fiepte ich. ‚Komm schon, wach auf. Bitte, sag doch irgendwas!'

Die Sekunden schienen sich unendlich auszudehnen, während ich auf eine Antwort wartete. Meine Nase hatte mir inzwischen verraten, dass Andrés Wunde nur klein war, aber vielleicht irrte ich mich? Vielleicht hatte die Pistolenkugel seine Flanke doch nicht nur gestreift, sondern durchdrungen …

‚Dad, kannst du mich hören?', jaulte ich verzweifelt – und da, endlich, öffneten sich seine Augen.

‚Schön, dass du … mich auch einmal … Dad nennst', hörte ich ihn in meinem Kopf. Er redete stockend, doch seine Stimme schien mit jedem Wort fester zu werden. ‚Zwar nur in der Tiersprache, aber immerhin‘, fügte er hinzu.

Mein Puschelschwanz wedelte los, als hätte er einen Propeller eingebaut. ‚Oh, ein Glück, dass es dir gut geht!‘, japste ich. ‚Aber wie...wieso bist du überhaupt hier?“

‚Ich bin dir natürlich gefolgt. Leider dauerte es eine Weile, euch im Regen aufzuspüren, und meine Nase ist sowieso nicht die allerbeste. Mit Schmuggels Hilfe wäre es einfacher gewesen, aber den konnte ich nicht in die Feenwelt mitnehmen.‘

‚Schmuggel?‘, wiederholte ich und fuhr mir verwirrt mit der Zunge über die Lefzen. Immer noch fiel es mir schwer, einen klaren Gedanken zu fassen. ‚Wie bist du dem eigentlich entwischt?‘

‚Das war gar nicht notwendig. Sobald ich ihm mein Vorhaben erklärt hatte, brachte er mich persönlich zum Portal.‘ Mein Vater richtete sich auf und saß auf seine typische Weise kerzengerade da. ‚Ruby, ich wollte nicht verhindern, dass du meine Notizen zerstörst‘, sagte er eindringlich. ‚Es ging mir nur um dich – darum, dass du einen viel zu gefährlichen Plan verfolgt hast. Das wollte ich nicht zulassen.‘

‚Was *du* getan hast, war doch viel gefährlicher', protestierte ich, noch ehe ich seine Worte ganz verarbeitet hatte. ‚Wie konntest du dich bloß auf einen Mann stürzen, der eine Pistole hält?'

‚Du bist mein Kind, *ma petite*', entgegnete André. ‚Ich würde alles tun, um dich zu beschützen. In den letzten Jahren habe ich viele falsche Entscheidungen getroffen, aber ich habe immer geglaubt, sie wären zu deinem Besten.'

Da begriff ich endlich, was er mir sagen wollte. Die Erkenntnis sickerte in mich hinein und wärmte mich von innen, so wie der erste Schluck Tee am frühen Morgen: Mein Vater hatte sich tatsächlich verändert. Er bereute, was er getan hatte! Vielleicht würde er irgendwann sogar wieder der Mann werden, mit dem meine Mam so glücklich gewesen war …

Bevor ich antworten konnte, ließ mich ein schriller Pfiff zusammenzucken. „Ich unterbreche dieses Gespräch von Hund zu Hund ja nur ungern", rief Noah zu uns herüber, „aber Bennet hat gerade erzählt, dass sich die Aufzeichnungen oben im Nachttisch der Schreckschraube befinden. Zusammen mit ein paar Schachteln Sedimax. Könnt ihr mal nachschnüffeln, ob er die Wahrheit gesagt hat?"

Wie auf Kommando drehten Dad und ich die Köpfe und schnupperten nach oben. Als uns ein bitterer Geruch in die Nasen stieg, wechselten wir einen Blick. ‚Reden wir später weiter?', fragte ich ein bisschen schüchtern.

Mein Vater zuckte mit einem seiner Ohren, so als wollte er mir zublinzeln. Dann schien er auch schon zu schrumpfen, obwohl eigentlich ich es war, die in die Höhe schoss. „Das mit dem Sedimax stimmt jedenfalls", meldete ich, nun wieder in Menschengestalt, und war schon auf dem Weg zur Treppe. „Bin gleich wieder da!"

So schnell ich konnte, rannte ich ins obere Stockwerk und riss die erste Tür auf. Der Raum dahinter war weiß, sauber und kahl wie ein Krankenhauszimmer. Mit einem Satz war ich beim Nachttisch, öffnete die Schublade und zog einen Aktenordner hervor. Darunter lagen Pillenschachteln, ein Französisch-Wörterbuch und ein Notizblock. Anscheinend war Mrs Silverton schon dabei gewesen, den Text zu übersetzen. Kurz entschlossen schnappte ich mir die ganze Schublade und lief damit wieder nach unten.

Als ich zurück ins Wohnzimmer kam, entfachte Mr Bennet gerade ein Feuer im Kamin. Er hätte wie ein guter

Gastgeber ausgesehen, wenn man sich seine verbitterte Miene wegdachte – und die Pistole in Noahs Hand.

„Danke, sehr freundlich“, sagte Noah. „Ruby, fügst du bitte das letzte *Feuerholz* hinzu?“

Ohne nachfragen zu müssen, was er damit meinte, kniete ich mich vor den Kamin. Als ich den Ordner aufklappte, fand ich darin mehrere mit perfekter Handschrift gefüllte Seiten. Ich nahm sie heraus und hielt sie so nahe an die Flammen, dass mir die aufsteigende Hitze fast wehtat. Trotzdem zögerte ich, die Zettel fallenzulassen.

„Ist dir klar, was wir da tun?“, flüsterte ich meinem Vater zu, der an meiner Seite Platz genommen hatte. „Du hast so lange an diesem Medikament gearbeitet. Wenn wir deine Notizen verbrennen, hast du keine Möglichkeit mehr, die Wandlerfähigkeiten loszuwerden. Wir wissen zwar jetzt, dass wir unsere Kräfte mit Nanas Spezialtee gut kontrollieren können, aber wir werden für immer Pookas sein.“

Mein Vater legte den Kopf schief, so als lauschte er meinen Worten nach. Ich ahnte, was in ihm vorging: Die letzten Jahre hatte er ausschließlich damit verbracht, ein „Heilmittel“ gegen Magie zu entwickeln und nach mir zu suchen. Dabei musste er sich immer wieder vorgestellt haben, wie wir als gewöhnliche Menschen zusammenleben würden. Von allen geschätzt und respektiert zu werden, war André unendlich wichtig, das wusste ich von meiner Mam. Ich konnte das sogar irgendwie verstehen, weil seine Eltern ihn wegen seiner Gabe verstoßen hatten. Doch so kompliziert das alles auch war – in diesem Moment gab mir mein Vater eine ganz einfache Antwort: Er stieß mir seine pechschwarze Nase in die Seite und wedelte dabei mit dem Schwanz. Zum ersten Mal glaubte ich, seinen Blick genau deuten zu können.

‚Ist mir klar, *ma petite*. Wir sind Pookas und das ist gut so. Nun mach schon!'

Also holte ich noch einmal tief Luft und ließ dann die Aufzeichnungen in die Flammen segeln. Mrs Silvertons begonnene Übersetzung wanderte gleich hinterher. Gerade hatte ich auch das Sedimax ins Feuer geworfen, als Mr Bennet einen Schrei ausstieß.

„Nicht noch eine!", quiekte er. „B…bitte nicht, es ist genug!"

Ich fuhr herum und sah Felicity, die pitschnass hereingeflattert kam. Etwas irritiert beäugte sie Mr Bennet, dann rief sie außer Atem: „Mrs Schreckerton – ich meine,

Mrs Schrauberton hat einen Riesenberg Erde aufs Portal geschaufelt und ist jetzt auf dem Weg hierher!“

„Dann wollen wir uns mal verabschieden“, sagte Noah und überreichte Felicity die Pistole. „Es gibt doch in der Feenwelt sicher ein bodenloses Loch oder einen Sumpf, in dem du das hier versenken kannst, oder?“

„O ja. Zum Beispiel den Schlickschleimbrunnen“, meinte Felicity, während sie die Pistole wie eine Stinkesocke von sich weghielt.

„Klingt perfekt“, lobte Noah. „Und nun zu Ihnen.“ Er wandte sich wieder an Mr Bennet, der so aussah, als könnte er jeden Moment in Ohnmacht fallen. „Sagen Sie Ihrer Retterin, dass wir heute leider in Eile waren. Aber sollten Sie beide je wieder Fabelwesen bedrohen oder Menschen gegen sie aufhetzen, werden wir zurückkommen.“

Trotz seiner Angst gelang Mr Bennet ein giftiger Blick. „Was gedenkt ihr Gören denn dann zu tun?“, presste er hervor.

„Eine Party feiern“, sagte ich schnell. „Mit meinem ganzen Pooka-Rudel und all unseren Fabelwesen-Freunden. Da wären also riesige Hunde, Männer ohne Köpfe, natürlich auch Gespenster …“

„Und wahnsinnig viel Schmutz“, ergänzte Noah. „Mehr

Schmutz, als Sie und die Schreckschraube sich überhaupt vorstellen können." Mit diesen Worten ließen wir Mr Bennet im Wohnzimmer zurück und gingen zur Tür. Sobald wir das Haus verlassen hatten, begannen wir wie auf Kommando zu rennen. Im Laufen warf ich meinem Dad immer wieder besorgte Blicke zu, doch er schien trotz seiner Wunde problemlos mithalten zu können. Nach einer Weile stoppte er allerdings und gab ein warnendes Knurren von sich.

„Ich wette, er riecht Mrs Silverton!", zischte ich. Wir schafften es gerade noch, hinter einer niedrigen Mauer in Deckung zu gehen, da ertönte auch schon das metallische Scheppern. Sekunden später tauchte Mrs Silverton mit ihrer Schubkarre und dem Spaten an der nächsten Wegbiegung auf. Ihre sonst so ordentlichen Haare hingen in nassen Strähnen um ihr Gesicht und sie hatte Erde am Kinn, aber ihre Lippen formten ein grimmiges Lächeln. Allerdings würde ihr das wohl schon bald vergehen.

Mit angehaltenem Atem warteten wir, bis sie außer Hörweite war. Dann räusperte sich Noah und verkündete: „Mit etwas Glück haben wir die Schreckschraube jetzt zum letzten Mal gesehen."

„Wir wollen es hoffen“, sagte ich.

„Wäre flattertastisch“, fügte Felicity hinzu.

„Wöff“, machte mein Dad mit französischem Akzent.

Und als könnten wir vor unseren Zweifeln einfach davonlaufen, stürmten wir weiter zum Portal.

30. KAPITEL

Kein schönes Willkommen

Kaum waren wir alle auf Bauer Orins Weide gelandet, da ertönte ein kurzes Klingeln. Nach unseren Erlebnissen der letzten Stunden war es so ein alltägliches, harmloses Geräusch, dass wir einander nur verwirrt anschauten. Dann zeigte Felicity, die uns durch das Portal begleitet hatte, auf Noahs Jeans.

„Deine Hose singt“, meldete sie.

Noah zog sein Smartphone aus der Tasche und hielt es sich stirnrunzelnd ans Ohr. „Vor ein paar Minuten hat deine Grandma versucht, mich anzurufen", sagte er. „Aber der Empfang in der Feenwelt ist wohl noch schlechter als auf Patch Island, also ist sie direkt auf der Mailbox gelandet."

„Bestimmt ist sie ganz krank vor Sorge", meinte ich zerknirscht und rappelte mich vom nassen Boden hoch.

„Eher nicht." Noah tippte kurz auf seinem Smartphone herum, dann ertönte Nanas Stimme aus dem Lautsprecher.

„Ihr Lieben, wir mussten ein paar Kaninchen erst wieder einfangen und sie dann verarzten. Hat eine Weile gedauert, aber das wird wieder. Winnie bleibt bei den Thompsons, um sie zu beruhigen, und ich komme gleich nach Hause. Hoffentlich habt ihr keinen Blödsinn gemacht!"

Gleich darauf piepste es und die Nachricht war zu Ende. Ich las die Uhrzeit von Noahs Smartphone ab und schnappte nach Luft. Obwohl es mir so vorkam, als hätte unser Abenteuer ewig gedauert, war noch nicht einmal Mittag. „Das heißt, Nana hat gar nicht gemerkt, dass wir fort waren?!"

„Ich hätte da eine andere Frage", erwiderte Noah. *„Haben* wir Blödsinn gemacht?"

„Wie man's nimmt", sagte ich und verzog das Gesicht. „Wir haben die Insel verlassen, anstatt unsere Schulaufgaben zu erledigen. Und sind in ein Haus eingebrochen. Und haben uns mit einem Verrückten angelegt …"

„… aber wir haben auch dafür gesorgt, dass zwei Fabelwesen-Hasser keine Waffe gegen Magie mehr haben", unterbrach mich Noah. „Wenn Felicity es schafft, alle Portale zu öffnen, hört außerdem der Stress zwischen Fabelwesen und Inselbewohnern auf. Dann wird sogar dieser Nocturno zufrieden sein!"

„Richtig zufrieden ist Onkel Noc eigentlich nie. Aber vielleicht wird er dann ein bisschen weniger düsterlich", sagte Felicity.

„Weniger düsterlich! Yay!" Noah strahlte mich an und da musste ich lachen. Vielleicht hatte er ja recht und es würde nun alles gut werden. Am liebsten hätte ich jemanden ganz fest umarmt, Felicity zum Beispiel, meinen Dad – oder Noah. Der streckte mir aber nur die Handflächen entgegen, also schlug ich mit lautem Klatschen ein.

„Das sollten wir feiern", verkündete ich. „Holen wir uns Zitronenkuchen von Kathleen? Ich wette, Nana hat noch nicht gefrühstückt."

Vor Aufregung flatterte Felicity zwei Meter hoch in die Luft. „Oh, darf ich mitkommen? Zitronenkuchen klingt köstlich und ich würde zu gerne Eileens Tochter kennenlernen!“

Ich nickte und öffnete den Mund, um etwas zu sagen, doch André war schneller. Winselnd stellte er sich vor mich, dann reckte er den Hals, als wollte er größer erscheinen. Gleichzeitig wanderten seine Lefzen nach unten und ich begriff, dass er jemanden nachahmte.

Wie elektrisiert zuckte ich zusammen. „Stimmt, es gibt *doch* jemanden, der sich Sorgen um uns macht: Schmuggel! Du hast ihm ja verraten, was wir vorhaben, richtig?“

André wedelte heftig mit dem Schwanz.

„Willst du gleich nach Hause laufen und ihm alles erzählen, während wir Frühstück besorgen?“

Mein Vater kläffte zustimmend. Dann sauste er los, dass seine Ohren im Wind flatterten, und verschwand hinter dem nächsten Hügel.

„Verrückt“, murmelte Noah. „Oberfiesling André Lavall ist ein netter Typ geworden. Mein eigener Vater könnte sich ein Beispiel an ihm nehmen!“

„Vielleicht sollte mein Dad mal ein ernstes *Wöff* mit deinem reden“, sagte ich und mein Mund lächelte schon wieder ganz von selbst. Um genau zu sein, konnte ich überhaupt nicht mehr aufhören zu grinsen und den anderen ging es ebenso. Auf dem Weg zum Inselzentrum schienen wir auch das Wetter mit unserer guten Laune anzustecken. Der Regen wurde zu einem schwachen Nieseln und zwischen den Wolken drangen Sonnenstrahlen hervor. Ausgelassen sprangen Noah und ich durch die Pfützen – noch nasser konnten wir sowieso kaum werden –, während Felicity in der Luft Purzelbäume schlug.

„Ich bin ja *so* gespannt auf deine Nana!“, plapperte sie vor sich hin. „Kann ich sie auch Nana nennen? Aber vielleicht wäre das komisch, weil sie die Tochter meiner alten besten Freundin ist … Wie fändet ihr stattdessen Nanalein?“

„Es wäre wohl nicht *flatterig* genug, sie einfach Cleo zu nen…“ Noah brach ab und wir blieben wie angewurzelt stehen.

An der letzten Wegbiegung vor dem Inselzentrum stand Brenda Graham, die Fäuste in ihre Seiten gestemmt. „Stopp“, sagte sie scharf, als Felicity noch einen zaghaften Flügelschlag in ihre Richtung machte. „Für solche wie dich geht es hier nicht weiter. Flieg gefälligst dorthin zurück, wo du hergekommen bist!"

Mein wohlig-warmes Glücksgefühl verschwand so schnell, als hätte jemand in meinem Inneren einen Schalter umgelegt. „Du … du lässt Fabelwesen nicht mal mehr ins Inselzentrum?!"

„Ich will nicht, dass sie meinem Gasthaus zu nahe kommen", gab Brenda in eisigem Tonfall zurück, „und wer durchs Inselzentrum geht, kommt zwangsläufig am *Graham's Inn* vorbei."

„Aber das kannst du doch nicht einfach so bestimmen!", protestierte ich. „Das ist unfair und gemein und …"

„Wir sollten jetzt alle mal gaaaanz tief durchatmen", bremste Noah mich und schaute Brenda dabei liebenswürdig an. Die Wirtin machte allerdings nicht den Eindruck, als würde sie *überhaupt* atmen. Ihr Gesicht, das normalerweise freundlich und offen wirkte, schien jetzt so hart wie Stein.

„Nicht?", fragte Noah und ich merkte, wie ihm seine heitere Miene entglitt. „Ähm, okay. Jedenfalls gibt es keinen Grund, die Fabelwesen weiterhin auf Abstand zu halten. Ich versteh ja, dass sie dich in letzter Zeit genervt haben, aber es werden uns jetzt wieder viel weniger von ihnen besuchen und die Feuerkopf-Kobolde kommen wahrscheinlich gar nicht mehr. Mit nur ein paar netten magischen Gästen kommst du bestimmt zurecht, oder?"

„Irrtum", entgegnete Brenda. „Ich möchte trotzdem keine übernatürlichen Fremden in meiner Nähe haben! Jeder Einzelne von ihnen ist eine Gefahr für uns und unsere wunderschöne Insel. Kann man ja alles im Google nachlesen!"

„Brenda, diese Berichte, die du gefunden hast, wurden von Mrs Silverton ins Internet gestellt. Du wirst dich doch nicht an Warnungen halten, die so eine gemeine Person veröffentlicht hat!", sagte ich eindringlich. Dieses Argument konnte Brenda unmöglich ignorieren – nicht nach allem, was Mrs Silverton sich hier geleistet hatte. Doch zu meinem Entsetzen gab die Wirtin keinen Millimeter nach.

„Und wennschon", sagte sie hart. „Die Seite war eine große Hilfe, ganz egal, von wem sie stammt. Ich muss dafür sorgen, dass auf Patch Island wieder Ruhe und Ordnung einkehren, und dafür ist mir jedes Mittel recht." Bei diesen Worten schaute sie drohend zu Felicity, die kreidebleich geworden war. Dann wirbelte sie herum und stampfte zu ihrem Gasthaus.

„Ruby, wo willst du hin?", fragte Noah, als ich mich

ebenfalls in Bewegung setzte. „Lass sie, das bringt doch überhaupt nichts."

„Er hat leider recht", sagte Felicity bedrückt. „Wir Feen merken sehr genau, wenn jemand lügt oder übertreibt – und diese Frau meint es absolut ernst. So ernst, dass man sie ganz sicher nicht umstimmen kann!"

Aber das wollte ich einfach nicht wahrhaben. Wenn Brenda keine Vernunft annahm, würde der Streit zwischen Menschen und Fabelwesen niemals aufhören! Entschlossen rannte ich weiter und versuchte, dabei möglichst wenig auf die „FABELWESEN – NEIN, DANKE!"-Zettel zu achten. Das war allerdings schwierig, weil sie an jedem Pfosten, an jeder Hauswand und jedem Müllcontainer des Inselzentrums hingen. Brenda musste über Nacht noch einen großen Stapel davon verteilt haben und unsere Einladungen zur Vollversammlung hatte sie alle entfernt. Ich schauderte, als ich mir die Wirtin bei dieser Arbeit vorstellte. Hatte sie währenddessen böse vor sich hingemurmelt wie Mrs Silverton? Oder drehte sie langsam durch, so wie Mr Bennet?

Hastig schüttelte ich diesen Gedanken ab, dann öffnete ich die Tür zum *Graham's Inn.* Brenda stand bereits hinter dem Tresen und schaute mir so verbittert entgegen,

dass ich am liebsten gleich wieder kehrtgemacht hätte.

„Was ist denn jetzt noch?“, fuhr sie mich an. „Wenn du nichts zu essen bestellen willst, dann lass mich bitte in Frieden. Ich werde auf keinen Fall mit dir darüber diskutieren, wie ich mein Gasthaus zu leiten habe!“

„Es geht doch nicht nur um das *Graham's Inn*“, sagte ich und schaffte es kaum, das Zittern in meiner Stimme zu unterdrücken. „Irgendwie müssen die Fabelwesen … *wir* Fabelwesen und du doch miteinander auskommen können! Hast du vergessen, wie gern du bis vor Kurzem noch Märchen und Sagen mochtest? Und dass du immer gehofft hast, sie hätten einen wahren Kern?“

„Das war einmal. Jetzt bin ich um einiges klüger geworden.“

„Nein, bist du nicht!“, rief ich verzweifelt. „Du bist nicht mehr du selbst, so als … als wärst du irgendwie verhext!“

„Ruby.“ Noah war unbemerkt durch die Tür getreten und kam an meine Seite, einen merkwürdigen Ausdruck im Gesicht. „Du hast wahrscheinlich ins Schwarze getroffen.“

Entgeistert starrte ich ihn an. „Wie bitte? Wer, um alles in der Welt, sollte sie denn verhext haben?!“

Fast wie ein Schlafwandler ging Noah an mir vorbei zum Tresen und griff nach einem Fläschchen, das neben der Kasse stand. „Ich fürchte“, sagte er langsam, „das war ich.“

31. KAPITEL

Brendas Geheimnis

Empört streckte Brenda die Hand nach dem Fläschchen aus. „Was redest du denn da, Noah Arons?", schimpfte sie. „Willst du dich über mich lustig machen? Gib das wieder her, das gehört einem meiner Gäste!"

Noah wich einen Schritt zurück, das Fläschchen immer noch fest umklammert. „Ich weiß genau, wem es gehört. Aber woher hast *du* es?"

Mit einem ärgerlichen Schnauben ließ Brenda ihre

Hand wieder sinken und stützte sich auf den Rand des Tresens. „Auch, wenn es dich nichts angeht“, sagte sie, „ich habe es vor meinem Gasthaus gefunden. Am Montag, als ich die Post ins *Graham's Inn* bringen wollte. Da lag es zwischen lauter Abfall auf der Straße, weil dieser unappetitliche Ghul mal wieder meinen Müllcontainer umkippen musste. Um ein Haar hätte ich es weggeworfen, aber dann ist mir aufgefallen, dass es noch ganz voll war.“

„Es ist doch gar nicht ganz voll“, wandte ich ein, während ich verwirrt zwischen Noah und der Wirtin hin und her schaute. Ihr Gespräch ergab für mich so gut wie keinen Sinn, aber ich hatte immerhin gesehen, dass etwa ein Zentimeter Flüssigkeit unter dem Schraubverschluss fehlte.

„Nun, ich wollte herausfinden, wem es gehört“, erklärte Brenda. „Darum habe ich etwas von dem Parfum auf mein Handgelenk geträufelt und daran geschnuppert. Der Duft war allerdings sehr schwach und kam mir überhaupt nicht bekannt vor. Ich habe also noch mehr verwendet, dabei ein kleines bisschen zu viel erwischt …“

„… und dann hatten wir den Salat.“ Stöhnend rieb Noah sich mit der freien Hand über die Augen.

„Also bitte“, sagte Brenda entrüstet. „Warum regst du

dich so auf? Es ist ja wohl nicht *dein* Parfum oder irre ich mich?"

Auch ich konnte mir Noahs Verhalten nicht erklären. Worauf wollte er bloß hinaus? Er benutzte garantiert kein Parfum, auch wenn er meistens sehr gut roch – aber nur nach Deo und nach … Noah. Trotzdem glaubte ich, das Fläschchen schon einmal gesehen zu haben. Stirnrunzelnd schaute ich auf den goldenen Verschluss, der aus Noahs Faust ragte, dann ging mir ein Licht auf.

„Das ist Nanas Maiglöckchen-Parfum! Aber wann hat sie das denn hier verloren? Am Montagmorgen ist sie doch mit dem Postschiff abgereist und sowieso verwendet sie es fast nie. Ich glaube, zuletzt hat sie es benutzt, als Mr Bennet und Noah auf Patch Island angekommen sind …"

Brenda machte eine ungeduldige Handbewegung. „Wie auch immer. Dann bringt es ihr bitte zurück und jetzt lasst mich in Ruhe das Mittagessen vorbereiten!"

Ich rechnete nicht damit, dass Noah auf sie hören würde, doch er zog mich tatsächlich ohne Protest zur Tür. Als ich mich ein wenig sträubte, hielt er mich noch fester, bis wir wieder vor dem Gasthaus standen. Dann erst ließ er mich los und schaute niedergeschlagen auf das Fläschchen in seiner Faust. „Ich hab Mist gebaut", murmelte er. „Fürchterlich schlimmen Bockmist. Einen von der Sorte, über den die Kobolde Lieder erfinden würden, weil er dermaßen zum Himmel stinkt!"

„Okay, langsam machst du mir Angst." Beunruhigt musterte ich Noah, während ich darauf wartete, dass er endlich mit der Sprache rausrückte. Inzwischen kam Felicity zu uns geflogen, die sich bisher wohl nicht näher ans *Graham's Inn* herangetraut hatte. Nervös zwirbelte sie eines ihrer Zöpfchen, während sie mit etwas piepsiger Stimme fragte: „Hat die Menschenfrau euch was getan?"

„Nein. Wenn, dann hab *ich ihr* was getan", sagte Noah und es klang, als kostete ihn jedes Wort Überwindung. „Ruby, du weißt doch, wie gestresst ich wegen der Fernschule war. Ich konnte mich einfach nicht richtig aufs Lernen konzentrieren und hab befürchtet, dass mich mein Dad sofort ins Internat verfrachtet, wenn ich die Prüfung morgen nicht schaffe. Als wir dann diesen Blockaden-

Lösungszauber getestet haben und es so aussah, als wäre er ein voller Erfolg … da wollte ich noch ein anderes Rezept ausprobieren. Dafür brauchte ich nur Wasser, ein paar gewöhnliche Pflanzen und Feenhundmäulchen – von denen waren uns ja ein paar übrig geblieben.“

Ich riss die Augen auf. „*Deswegen* hast du die Reste in deine Tasche gesteckt!“, rief ich. „Du hast also ernsthaft ein Zaubermittel gemixt, das beim Lernen hilft?!“

„Nicht nur beim Lernen“, sagte Noah widerstrebend. „Eigentlich soll es bei allem helfen, was man gerade erreichen will. Ich hab dir eine Zeile aus dem Rezept vorgelesen, als wir das Buch gefunden haben – weißt du noch? *Schenkt Ehrgeiz und auch Geisteskraft, dass man, was man ersehnt, auch schafft …*“

Felicity schlug aufgeregt mit den Flügeln. „Oh, an das erinnere ich mich! Diese Tinktur hat Eileen verwendet, als sie mal ein ganzes Rudel Feenhunde von Zecken befreien musste. Eine schreckliche Plackerei! Aber mit dem Ehrgeiz-Zauber war es kein Problem für sie, zwei Tage lang fast pausenlos zu schuften.“

„Ja, man bekommt wohl ungewöhnlich viel Energie für das, woran man denkt, während man das Mittel verwendet“, bestätigte Noah. „Ein einziger Tropfen soll schon genügen. Ich hab die Tinktur in irgendein verstaubtes Fläschchen gefüllt, das ich im Bad gefunden habe, und wollte sie gerade anwenden – da bist du in mein Zimmer geplatzt, Ruby. In letzter Sekunde hab ich es noch geschafft, die Flasche von meiner Matratze zu schubsen, damit du sie nicht siehst.“

Ich biss mir auf die Unterlippe, während ich mich an diesen Moment erinnerte. Jetzt verstand ich, warum Noah so schroff zu mir gewesen war. Er hatte nicht nur Angst vor der Prüfung gehabt, sondern sicher auch vor der Wirkung des Zaubermittels.

„Du hast es nicht verwendet, oder?“, brachte ich nach einer kurzen Pause hervor.

Noah atmete tief durch, dann schüttelte er den Kopf. „Ich wollte noch eine Nacht lernen und sehen, wie weit ich komme. Am nächsten Morgen hab ich einen Spaziergang zum *Graham's Inn* gemacht, um den Kopf freizukriegen und nach der Post zu fragen. Da hat Brenda mir die Karte von meinem Dad gegeben – du weißt schon, auf der er mir geschrieben hat, dass er stolz auf mich ist. Als ich das gelesen habe, hatte ich keine Lust mehr zu schummeln. Ich hab das Fläschchen einfach in den Müllcontainer beim *Graham's Inn* geworfen …"

„… und so ist Brenda auf das Mittel gestoßen", ergänzte ich.

Noah nickte düster. „Ganz genau. Sie muss in diesem Moment stinkwütend auf den Ghul gewesen sein und noch dazu hat sie sich über die Abreise deiner Nana aufgeregt. Insgesamt war sie also sauer, ängstlich und richtig schlecht auf die Fabelwesen zu sprechen, als sie das Zaubermittel verwendet hat! Was, glaubst du, war dann wohl ihr wichtigstes Ziel?"

„Ruhe und Frieden", antwortete Felicity an meiner Stelle. Aus traurigen fliederfarbenen Augen schaute sie zum *Graham's Inn* hinüber. „Die Menschenfrau hat sich sicher gewünscht, dass auf der Insel alles so wird, als hätte es uns Fabelwesen niemals gegeben."

Mein Magen ballte sich zusammen, während ich an Brendas versteinerte Miene dachte – an ihre ungewöhnliche Kälte und diesen gruseligen Ehrgeiz. Sie hatte das Mittel nicht nur in der allerschlechtesten Stimmung verwendet, sondern obendrein viel zu viel davon. Kein Wunder, dass ich sie kaum wiedererkannte!

„Lässt sich die Wirkung irgendwie aufheben?“, fragte ich Felicity heiser.

„Das weiß ich nicht“, sagte sie und ließ die Flügel hängen. „Bei Eileen ist es erst vergangen, nachdem sie ihre Aufgabe erledigt hatte. Aber wenn die Menschenfrau so weitermacht, werden bald alle Fabelwesen zutiefst gekränkt von ihr sein! Die Bewohner der Feenwelt sind sehr stolz, wie du weißt. Sogar die Ghule und Kobolde. Und … wenn sie Patch Island den Rücken zukehren, dann für immer.“

Ich schluckte und wollte etwas sagen, brachte aber kein Wort mehr heraus. Felicitys Warnung hatte mir die Kehle zugeschnürt und mein Herz schlug schon wieder viel zu schnell. Angestrengt versuchte ich, so tief wie möglich die kalte Luft einzuatmen, um das Brennen in meinem Inneren zu unterdrücken. Ich konnte mich jetzt nicht mit einer Verwandlung herumschlagen, sondern musste dringend eine Lösung finden! Verflixt, warum hatte ich heute Morgen nicht einfach …

Im nächsten Moment schoss mein Arm nach vorne. „Noah“, japste ich, „dein Handy! Schnell!“

Sofort fischte Noah sein Smartphone aus der Hosentasche und hielt es mir hin. Meine Finger zitterten vor

Aufregung, als ich unsere Nummer wählte. Einen kurzen Augenblick später ertönte Nanas Stimme: „Noah, du Ober-Kobold! Wo, um Himmels willen, steckst du?! Solltest du nicht für deine Prüfung lernen? Hier haben nur die Hunde auf mich gewartet und André hatte eine ganz seltsame Wunde an der Flanke, die ich eben versorgen musste. Mein sechster Sinn verrät mir, dass du und meine werte Enkeltochter mehr darüber wisst!"

„Nana, ich bin's", sagte ich schnell, „bitte sei nicht böse. Sobald wir wieder zu Hause sind, werden wir dir alles genau erklären, großes Ehrenwort! Aber jetzt hab ich eine wichtige Bitte an dich. Vertraust du mir?"

Nana stieß ein Grummeln aus, das mich stark an Schmuggel erinnerte. „Trägt ein Kobold gerne Grün?", gab sie unwirsch zurück. „Natürlich vertraue ich dir, Süße, und diesem Lernmuffel Noah auch. Allerdings hatte ich damit schon deutlich weniger Mühe als jetzt. Ihr zwei solltet euch *sehr* ins Zeug legen, um es mir wieder etwas leichter zu machen, alles klar? Aber nun schieß mal los mit deiner ultrawichtigen Bitte!"

Beinahe hätte ich mich verhaspelt, so schnell sprudelte ich meine Idee heraus. Als ich damit fertig war, befürchtete ich einige Sekunden lang, Nana würde mir nun doch eine Standpauke halten – aber dann sagte sie nur: „Bleibt, wo ihr seid. Ich komme sofort."

Es dauerte bloß ein paar Minuten, da tauchte sie schon am Rand des Inselzentrums auf. Ihr einzelner Ohrring schaukelte mit ihren energischen Schritten und in der rechten Hand trug sie eine Thermoskanne. „Wollen mal sehen, ob das so wirkt, wie du es dir vorstellst", schnaufte sie. „Oh, hallo, Feenmädchen."

„Nanalein!", juchzte Felicity, als würden sie und meine Großmutter einander seit Ewigkeiten kennen. Zum Glück war Nana an seltsames Benehmen von Feen gewöhnt. Sie lächelte nur flüchtig, dann rupfte sie Noah das Fläschchen aus der Hand und marschierte weiter ins *Graham's Inn*. Noah und ich stürzten hinterher.

„Brenda, meine Liebe“, rief Nana, noch bevor die Wirtin etwas sagen konnte, „du hast mir den Tag gerettet. Nein, was sag ich – mindestens die ganze Woche! Ist dir klar, wie sehr nasse Hunde müffeln können? Und Katzentoiletten? Und Orins Ziegenbock?“

Verdattert stellte Brenda einen Bierkrug ab, den sie gerade poliert hatte, und zog die Nase kraus. „Äh, ja. Das kann ich mir ungefähr vorstellen.“

„Dann verstehst du sicher auch, wie dringend ich mein Parfum benötige“, fuhr Nana fort. „Ich fühle mich sonst an einem langen Arbeitstag wie ein wandelnder Misthaufen. Vielen lieben Dank, dass du das Fläschchen für mich aufbewahrt hast!“

„Gern geschehen“, sagte Brenda, während sie irritiert nach unten schielte. Nana hielt ihr nämlich die Thermoskanne direkt vor die Nase. „Was ist das denn?“

„Ein kleines Dankeschön“, erklärte Nana strahlend. „Mein überaus köstlicher Spezialtee. Schafgarbe, Salbei und Brennnessel. So was Gutes hast du noch nie gekostet, das schwöre ich dir!“

„Doch. Den bietest du mir jedes Mal an, wenn ich dich besuchen komme“, widersprach Brenda und rümpfte die Nase noch ein bisschen stärker.

Nana zog die Thermoskanne wieder zurück, aber nur, um den Deckel abzuschrauben. „Ach, komm schon“, sagte sie, schnappte sich das frisch polierte Bierglas und füllte es mit Tee. „Trinken wir zusammen ein Täss… Krügchen, um unseren Streit von der Vollversammlung zu begraben, ja? Und dann gebe ich dir ein paar Insider-Tipps, wie man sich Fabelwesen vom Leib halten kann.“

Damit hatte sie Brenda überzeugt. Entschlossen packte die Wirtin den Krug und nahm einen großen Schluck. Wie von selbst tastete meine Hand nach Noahs und ich zerquetschte ihm vor Aufregung beinahe die Finger. „Glaubst du, es funktioniert?“, flüsterte ich, während Brenda leicht das Gesicht verzog und dann – wahrscheinlich aus Höflichkeit – weitertrank.

„Ich hoffe es“, gab Noah fast tonlos zurück. „Der Tee schützt vor magischen Einflüssen und um genau so was geht es hier, oder?“

Ich nickte stumm, traute mich aber nicht, Noahs Hand wieder loszulassen. Misstrauisch beobachtete ich Brenda dabei, wie sie den Krug leerte und auf dem Tresen abstellte. Dann ging hinter uns die Tür auf und Felicity kam wie abgesprochen herein. Obwohl sie immer noch sehr blass aussah, flatterte sie geradewegs auf uns zu und landete zwischen Nana und mir.

„Neuer Versuch, liebe Menschenfrau“, zwitscherte sie. „Ach, hier ist es aber gemütlich! Was gibt’s bei dir denn als Mittagsschmaus?“

32. KAPITEL

Ende gut – alles gut?

Nein, nein und nochmals nein!“ Brenda schaute sich nervös um und dunkelrote Flecken erschienen auf ihren Wangen. „Kein Fabelwesen darf hereinkommen! Cleo, verhindere das!“ Wie um ihre Worte zu unterstreichen, fuchtelte sie hektisch mit den Armen. Dabei fegte sie einen Stapel Geschirr vom Tresen und die Teller, Tassen und Gläser prasselten zu Boden. Allerdings ging nichts davon zu Bruch. Sie waren nämlich aus Plastik und außerdem klitzeklein.

Nana warf einen Blick auf die Uhr. „Ich fürchte, das kann ich nicht mehr verhindern“, sagte sie und man merkte ihr an, dass sie sich ein Lächeln verkniff. „Deine Gäste werden in wenigen Minuten hier sein. Aber nur keine Sorge, es ist alles perfekt.“

„Das finde ich auch!“ Strahlend drehte ich mich im Kreis, um die Gaststube zu bewundern. Es war unglaublich, wie sehr sich das *Graham's Inn* seit gestern Mittag verändert hatte – doch ganz besonders staunte ich über Brenda. Der Tee schien ihre böse Doppelgängerin in Luft aufgelöst zu haben und dafür hatte er wieder das gute, alte Original zum Vorschein gebracht. Brenda war natürlich nach wie vor furchtbar pingelig, aber sie wollte niemanden mehr vertreiben. Ihr wichtigstes Ziel bestand jetzt darin, sämtliche Besucher des *Graham's Inn* zu beeindrucken.

„Ich fasse es nicht“, stöhnte sie, während sie das winzige Geschirr auf zwei Puppentischen verteilte. „Wie konnte ich mir bloß vornehmen, innerhalb so kurzer Zeit eine Party auf die Beine zu stellen? Das kann doch nur ein Desaster werden. Wahrscheinlich ist es das Beste, wenn alle meine Einladung ignorieren. Verdient hätte ich es ja.“

Bevor Nana oder ich widersprechen konnten, öffnete

sich die Tür und ein Kopf wurde hereingestreckt. Und zwar von zwei Händen in schwarzem Leder, die den Kopf umklammert hielten.

„Ähem, mit Verlaub“, schnarrte der Dullahan, „für solche Wünsche ist es jetzt zu spät. Ich habe die Einladung wie besprochen in der Feenwelt verbreitet und die Teilnahmebereitschaft ist exorbitant.“

„Es wird gigantisch!“, quietschte eine helle Stimme dazwischen. Dann kam Felicity durch die Tür geschossen und vollführte einen doppelten Salto zum Tresen hin. „Ob groß oder klein, pelzig oder grün behütet – wir konnten die unterschiedlichsten Wesen zusammentrommeln. Und wie ich sehe, habt ihr auch an alle gedacht!“ Entzückt betrachtete sie die Puppentische mit dem unzerbrechlichen Geschirr, den Luftschlangen und den Schalen voller Bonbons. Das alles erinnerte ein wenig an einen Kindergeburtstag, ganz im Gegensatz zu den Nachbartischen. Dort verbreiteten schwarze Tischtücher und Kerzen eine unheimliche Stimmung und auf einem Schild war in blutroter Farbe zu lesen:

Verehrte Banshees und Gespenster! Zu jeder vollen Stunde werden die anderen Gäste sich die Ohren zuhalten. Auch ein paar Kopfhörer und Ohrstöpsel

stehen zur Verfügung. Singen und jammern Sie dann gerne eine Minute lang nach Herzenslust!

„Ruby, stell bitte sicherheitshalber eine Eieruhr dazu“, sagte Brenda. „Und wo steckt eigentlich dieser nichtsnutzige Noah? Die Planschbecken müssen noch mit Wasser gefüllt werden!“

„Das übernehme ich“, bot Felicity fröhlich an und schwirrte in den hinteren Bereich der Gaststube, den wir für die Selkies vorbereitet hatten. Dort würden sie sich in Robbengestalt ausruhen können, wenn es ihnen zu unbequem wurde, menschlich zu sein. Während Felicity damit begann, Wasser in die Becken zu zaubern, schleppte Nana einen Eimer aus der Küche herbei. GHUL-BUFFET stand in fetten Buchstaben darauf und aus dem Inneren drang ein leichter Geruch von Küchenabfällen.

Jawohl, von *Abfällen.* In der blitzsauberen Gaststube des *Graham's Inn*! So gesehen war Brenda wohl doch nicht ganz die Alte – auch wenn sie es sich nicht nehmen ließ, einen Stapel rosa Servietten neben den Eimer zu legen. Gerade faltete sie eine davon zu einem zierlichen Kranich, als Kathleen hereingepoltert kam.

„Ich habe … alle fertig“, verkündete sie atemlos. „Wie bestellt: meine sämtlichen Spezialitäten von A wie Apfeltorte bis Z wie Zitronenkuchen an ein und demselben Tag. Das hat es auf Patch Island noch niemals gegeben!“

„Genauso wenig wie eine Party für Menschen und Fabelwesen“, entgegnete Brenda und jetzt wirkte sie trotz ihres Lampenfiebers richtig stolz. Ihre Augen leuchteten mindestens so sehr wie montags, wenn sie Postbeamtin sein durfte. „Ich danke dir, meine Liebe. Sobald Noah endlich hier auftaucht, schicke ich ihn gleich zu dir rüber, damit er Cormack beim Tragen helfen kann.“

„Alles klar! Mein Schatz sollte auch gleich mit dem Kutter zurück sein.“ Kathleens Blick huschte an Brenda vorbei und mir fiel auf, dass sie Nana verschwörerisch zublinzelte. „Der musste was auf dem Festland besorgen. Aber wir haben vorhin kurz telefoniert und die Sache hat ohne Probleme geklappt.“ Schwungvoll drehte Kathleen sich um, sodass ein bisschen Puderzucker von ihrer Schürze gewirbelt wurde, und flitzte wieder hinaus.

Sofort wandte ich mich neugierig an meine Großmutter. „Welche Sache?“, fragte ich. „Was hat Cormack denn besorgt?“

Nana pfiff leise vor sich hin.

„Ach bitte, jetzt sag schon!“

„Nö", antwortete Nana. „Da siehst du mal, wie es ist, wenn einem was verheimlicht wird."

Beschämt zog ich den Kopf ein. „Tut mir ehrlich leid. Wir hätten dir schon viel früher von unseren Problemen erzählen müssen, aber …"

„Nichts *aber!* Schlimm genug, erst Tage nach euch zu erfahren, dass meine Mam so etwas wie eine Feenwelt-Ärztin war. Dabei dachte ich immer, sie wäre einfach nur schrullig und abergläubisch gewesen!", schimpfte Nana. „Außerdem hatte ich euretwegen die ganze Nacht Albträume von Zauberbüchern, wütenden Elfenherrschern und Mr Bennet, der euch mit einer Waffe bedroht. Das hat mich um Jahre altern lassen!" Sie schnitt eine Grimasse, sah damit aber gar nicht wie eine alte Frau aus, sondern eher wie eine Piratin beim Entern eines Schiffes. Ihre Miene glättete sich erst, als ich mich an sie schmiegte.

„Es ist doch jetzt alles in Ordnung", versicherte ich ihr. „Bennet und Silverton haben ihren Blog nicht neu veröffentlicht und Noah auch keine bösen Nachrichten mehr geschickt. Anscheinend haben sie zu viel Angst, um mit ihrer Mission weiterzumachen."

„Das will ich ihnen auch geraten haben", brummte Nana. „Das nächste Mal sause nämlich *ich* durch ihren

Kamin und dann werden *sie* diejenigen mit Albträumen sein! Und jetzt ein Themenwechsel, bitte sehr: Wo bleibt Noah so lange?"

Mit einem leichten Flattern im Magen schaute ich auf die Uhr über dem Tresen. Noahs Online-Prüfung war für den Nachmittag angesetzt gewesen und musste inzwischen eigentlich zu Ende sein. Vorab hatten wir sicher hundertmal getestet, ob die Internetverbindung auf Nanas Laptop funktionierte – aber vielleicht war trotzdem irgendwas schiefgelaufen? Meine Vorfreude auf Brendas Party begann zu schrumpfen, doch ich hatte keine Zeit, mir weiter Sorgen zu machen. Abermals ging die Tür auf und die ersten Partygäste kamen herein.

Und dann noch welche.

Und noch viele, viele mehr.

Es dauerte nicht lange, bis das *Graham's Inn* fast aus den Nähten platzte. Während Brenda mit Feuereifer Bestellungen entgegennahm („Fünfmal Bier – kriegen wir – in die Puppengläser hier!", „Für mich bitte etwas Blumiges", „Grrroaaachh" …), standen Nana und ich mitten im Trubel und sahen uns wie verzaubert um. Ganz in unserer Nähe sang Fitz mit ein paar Koboldfreunden ausge-

sprochen freche Liebeslieder für Winnie und Orin, aber die beiden lachten nur und stimmten sogar beim Refrain mit ein. Clover, der riesige Feenhund, beschnupperte Mr Murphy, den dicken Mops, und beide wedelten mit dem Schwanz. Eine Fee plauderte mit Kathleen, die sich eifrig Notizen in ein Rezeptbuch machte. Noch schneller schrieb allerdings Mr O'Leary und ich ahnte, dass er gerade jede Menge Stoff für seinen Fantasyroman sammelte.

Ein wenig abseits hockten der Ghul, der alte Fergus mit seiner Möwe Meinsmeins und mein Dad. Man sah ihnen an, dass keiner von ihnen so bald in Partylaune kommen würde – aber zumindest *das* hatten sie gemeinsam. Fröhlich winkte ich meinem Vater zu, dann wich ich einem leicht verspäteten Gast aus, der soeben hereinkam. Finbar der Blutbefleckte hätte zwar einfach durch mich hindurchfliegen können, aber ich wusste mittlerweile aus Erfahrung, dass so ein Kontakt mit einem Gespenst ziemlich kalt und ungemütlich war.

Als schließlich alle Tische voll besetzt waren und jeder Gast eine Tasse, einen Krug oder eine Portion Müll bekommen hatte, trat Brenda hinter dem Tresen hervor. „Meine lieben Gäste“, sagte sie und verstummte gleich wieder. Hektisch knetete sie ihre Schürze. Es war kaum zu glauben: Brenda Graham, die sich normalerweise von rein gar nichts einschüchtern ließ, wirkte tatsächlich verlegen! Sie schien sich erst ein bisschen zu sammeln, als Fitz ihr aus voller Kehle zukrähte: „Gib dir ’nen Stoß und laber los, unser Hunger ist schon groß!“

„Und sonst wächst auf uns noch Moos“, ergänzte ein anderer Kobold vorlaut. Trotzdem sah Brenda gleich viel entschlossener aus.

„Also, ich möchte euch gar nicht lange vom Essen, Trinken und Feiern abhalten“, fuhr sie fort, „sondern euch einfach nur für euer zahlreiches Erscheinen danken. Jeder von uns hat wohl so seine Eigenheiten …“

„Ich nicht", krächzte der alte Fergus, was Brenda würdevoll ignorierte –, „aber dank euch ist mein Gasthaus nun einzigartig auf der Welt. Tut mir leid, dass ich das bisher nicht sehen konnte. *Das Google* hatte mich vorübergehend ganz fürchterlich verwirrt!"

Ich bezweifelte, dass auch nur die Hälfte der Anwesenden wusste, was *das Google* war, aber sie nickten alle verständnisvoll. Finbar, der garantiert noch keinen Computer aus der Nähe gesehen hatte, rief sogar feierlich: „Solch Verwirrung ist keinem von uns fremd. Gräme dich nicht, holde Maid, sondern genieße mit uns diese erquickliche Zusammenkunft!"

Brenda, die holde Maid, lächelte geschmeichelt. Sie öffnete gerade den Mund, um ihre Rede zu beenden, da flog mit einem Krachen die Tür auf.

„Hey, ihr habt ja ohne uns angefangen! Schwesterchen, was haben wir verpasst?"

Ich wirbelte herum und stieß einen Schrei aus. Kaum hatten die anderen Gäste den Weg freigemacht, flog ich geradezu in Richtung Tür. „Flynn!", quietschte ich. „Mam! Was macht ihr denn hier?"

Meine Mutter breitete die Arme aus, um mich aufzufangen. Sie trug einen verschlissenen grünen Mantel, ihr dicker roter Zopf war halb aufgelöst und sie strahlte mit meinem Bruder um die Wette. Während sie mich fest an sich drückte, sah ich über ihre Schulter hinweg, dass auch Noah hereingekommen war.

„Hat Cleo dir denn nichts verraten?“, fragte Mam. „Sie hat den netten Cormack gebeten, uns für die Party abzuholen. Zwar haben wir auf dem Festland noch ein paar Dinge zu erledigen, aber das Wichtigste ist geschafft. Da kann man sich zwischendurch auch mal eine kleine Feier gönnen, oder?“

„Wobei *klein* echt untertrieben ist“, ergänzte Flynn und wuschelte mir brüderlich durch die Haare. „Gut, dass wir nicht das ganze Rudel mitgebracht haben. Die hätten gar nicht mehr alle hier reingepasst!“

„Es ist eben das beliebteste Gasthaus von ganz Patch Island“, sagte ich grinsend. Dann wandte ich mich – innerlich hin und her gerissen – an Noah. „Alles okay? Ist deine Prüfung gut gelaufen?“

Noah reckte einen Daumen hoch. „Jaja, alles bestens“, sagte er und ich machte vor Freude einen Luftsprung. Natürlich brachte ich damit auch die Kobolde in Hopse-Laune. Während sie zwischen uns herumhüpften, bestürmte ich Mam und Flynn wieder mit meinen Fragen. Wir waren nur wenige Wochen getrennt gewesen, aber es kam mir vor, als hätte ich die beiden ewig nicht gesehen. Aufgeregt erzählten sie mir, dass das Rudel vom halb verfallenen Hotel in ein richtiges Wohnhaus umgezogen war. Noah kämpfte sich inzwischen durch das Gewühl bis zum Tresen. Dort hatte Orins Neffe Liam gerade zwei Lautsprecherboxen aufgebaut, und nachdem er und Noah sich auf eine Playlist geeinigt hatten, kam die Party erst richtig

in die Gänge. Sogar mein Dad wippte irgendwann im Takt der Musik mit dem Kopf und der Ghul knackte rhythmisch mit den Fingerknöcheln.

Je ausgelassener die Stimmung wurde, desto stärker befürchtete ich, dass Brenda der Geduldsfaden reißen könnte. Aber egal, wie wild es in ihrer Gaststube zuging – an diesem Abend schien nichts ihre Laune zu trüben. Offenbar hatte sie sich mit der Tatsache abgefunden, dass manche Fabelwesen einfach nicht zu „menschlichem Benehmen“ fähig waren und das auch gar nicht böse meinten. Außerdem hatte sie sich wirklich gut auf die Besonderheiten ihrer Gäste vorbereitet. So flogen zwar im Laufe der Feier ein paar Teller durch die Gegend, aber weil es sich dabei natürlich um das Puppengeschirr der Kobolde handelte, gab es keine Scherben. Die Banshees nervten ein wenig mit ihren lauten Klagegesängen, hörten allerdings brav damit auf, sobald nach einer Minute die Eieruhr schrillte. Dass ein paar übermütige Feen sich nicht zurückhalten konnten, die Farben und Größen aller Speisen zu verzaubern, war sogar eine lustige Show-Einlage. Selbst Kathleen lachte über ihren riesigen giftgrünen Zitronenkuchen und meinte mit einem vielsagenden Seitenblick auf Noah, dass sie da bereits Schlimmeres erlebt hätte.

Irgendwann schnappte ich mir Schmuggel, der schon etwas erschöpft aussah, und ging mit ihm für ein Weilchen ins Freie. Meine Familie bekam davon nichts mit – Mam plauderte gerade angeregt mit Nana und Flynn ließ sich von den Selkies zeigen, wie man am schnellsten zu einem Seehund wurde. Nachdem ich mich tief durchatmend an die Hauswand gelehnt hatte, kam allerdings Noah zu mir nach draußen. Stumm hielt er mir meine Jacke hin, die ich in der Gaststube vergessen hatte.

„Oh, danke." Ich schlüpfte lächelnd hinein, dann vergrub ich die Finger in Schmuggels Fell. Es war schon fast Mitternacht und so kalt, dass mein Atem kleine Wölkchen bildete.

Noah lehnte sich dicht neben mir an die Wand. „Uff", sagte er, „was für ein Trubel."

„Ja, aber der beste Trubel, den ich mir vorstellen kann. Ist dir aufgefallen, dass Brenda mit ein paar Kobolden Karten gespielt hat? Ich glaube, ich hab sogar Nocturno ganz kurz am Kuchenbuffet gesehen. Und eine Banshee konnte den alten Fergus zum Tanzen überreden!" Bei der Erinnerung musste ich lachen, doch Noah stimmte nicht mit ein. Er schaute mich nur still von der Seite an, ehe er fragte: „Bist du glücklich, Ruby?"

„Ja", antwortete ich, ohne zu zögern. „Überglücklich sogar. Ich könnte vor Glück davonfliegen wie ein Luftballon, wenn ich nicht so mit grünem Kuchen vollgestopft wäre!"

Noah zog einen Mundwinkel hoch. „Das ist gut. Weißt du, ich wollte den richtigen Zeitpunkt abwarten, um ..." Er brach ab.

„Um was?" Als Noah nicht antwortete, stieß ich mich von der Hauswand ab und drehte mich so, dass ich direkt vor ihm stand. Im Lichtschein, der durch die Fenster des Gasthauses fiel, wirkten seine Augen dunkler als sonst – wie das Meer an einem stürmischen Tag.

„Der richtige Zeitpunkt wofür?", hakte ich noch einmal nach und mein Herz schlug schneller. Noah hatte die

Hand gehoben, als wollte er mich berühren, ließ sie dann aber wieder fallen.

„Tut mir leid“, sagte er leise, „ich hab die Prüfung nicht geschafft. Es hat zuerst gar nicht schlecht ausgesehen, aber zum Schluss hat es ganz knapp nicht gereicht. Mein Dad weiß schon Bescheid und will mich am Sonntagmorgen abholen. Diesmal lässt er sich nicht umstimmen. Ich muss jetzt endgültig auf ein Internat.“

33. KAPITEL

Ein Abschied und ein festes Versprechen

Wenn eine Sache unausweichlich war, brachte Nana immer denselben Spruch: Da beißt die Maus keinen Faden ab. Als kleines Kind hatte ich das süß gefunden – es klang, als hätte die Königin der Nagetiere beschlossen, dass sie nichts mehr ändern wollte, und deshalb musste man sich eben damit abfinden. Nun hätte ich mich allerdings am liebsten selbst in eine

Maus verwandelt und sämtliche Fäden auf Patch Island durchgenagt, wenn Noah dafür auf der Insel hätte bleiben dürfen. Aber nachdem Nana eine Stunde lang vergeblich mit Mr Arons telefoniert hatte, musste ich einsehen, dass wir nichts mehr tun konnten. Noah würde das Schuljahr an einem Internat fortsetzen, da biss die Maus keinen Faden ab.

Wir bemühten uns, so viel wie möglich in seine verbleibenden zwei Tage auf Patch Island zu quetschen. Zusammen mit Mam, Nana und Flynn kümmerten wir uns um die Tiere und Fabelwesen, dann streiften wir mit Schmuggel über die Insel und machten später noch einen Ausflug in die Feenwelt. Noah versuchte, sich dabei genau wie immer zu benehmen: Er riss seine üblichen Witze, stritt zum Spaß mit ein paar Kobolden und gab sein Bestes, um Schmuggel zum Stöckchenbringen zu motivieren. Trotzdem musste ich ständig daran denken, dass wir all das zum letzten Mal miteinander erlebten.

Ein letztes Mal sausten wir durchs Portal und schauten dann Seite an Seite in den roten Feenwelt-Himmel.

Ein letztes Mal kauften wir Bonbons in Kathleens kleiner Bäckerei und verspeisten sie am Nordstrand, während uns Selkies und Meerjungfrauen aus der Ferne zuwinkten.

Ein letztes Mal flüsterten wir auf der magischen Pflegestation wie aus einem Mund: *Es werde Licht* …

„Nun sei doch nicht so negativ!“, schimpfte Mam, als sie mich am Samstagabend dabei ertappte, wie ich beim Teekochen fast zu heulen anfing. „Damit machst du es für euch beide nur noch schlimmer!“

Ich schluckte und blinzelte heftig. Zum Glück war Noah gerade in seinem Zimmer beim Kofferpacken, sodass er nichts davon mitbekam. „Ist schon okay“, murmelte ich, aber meine Mutter konnte mich mittlerweile fast ebenso gut durchschauen wie Nana. Resolut stellte sie den Teekessel beiseite und nahm mich in den Arm.

„Noah wird dich garantiert besuchen und um die Pflegestationen musst du dir keine Sorgen machen. Dein Bruder und ich wollen dort ordentlich mit anpacken. Stimmt's, Flynny?“

„Stimmt“, sagte Flynn vom Esstisch her und räusperte sich. „Wobei es schön wäre, wenn du mich nicht mehr so nennen würdest. Das machen *andere* Leute leider schon oft genug.“

„Pph!“, kam es von Felicity, die wir zu Noahs Abschiedsessen eingeladen hatten. Sie trug den langen schwarzen

Pullover, den Nana ihr inzwischen geschenkt hatte, und einen Löwenzahnkranz im Haar. „Bitte mich doch einfach, damit aufzuhören. Aber wenn ich deine Bitte erfülle, stehst du in meiner Schuld – altes Feengesetz. Dann kann ich von dir verlangen, was auch immer ich will!“

„Würdest du verlangen, dass ich mir einen noch schlimmeren Spitznamen gefallen lasse?“

Felicity kicherte verräterisch und in der folgenden Brotkrümel-Schlacht schaffte ich es für ein paar Minuten, nicht an den nächsten Morgen zu denken. Mir gelang sogar ein halbwegs fröhlicher Gesichtsausdruck, als Noah in die Stube kam. Im Grunde taten wir alle so, als wäre es ein ganz gewöhnlicher Abend, lachten, scherzten und plauderten bis spät in die Nacht. Doch nachdem Felicity heimgeflogen war und die anderen sich zum Schlafen zurückgezogen hatten, konnte ich mich einfach nicht ins Bett legen. Ich klemmte mir Kissen und Decke unter den Arm und schlich auf Zehenspitzen durch den Flur, um niemanden zu wecken. Aus der Stube, in der Mam und Flynn übernachteten, drang bereits leises Schnarchen. Mit angehaltenem Atem schlüpfte ich ins Freie und rannte bibbernd über den Hof.

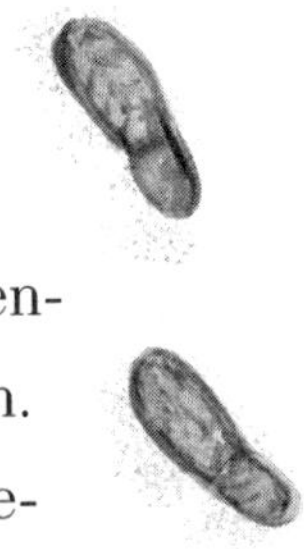

Als ich die Praxis betrat, hoben Schmuggel und André sofort ihre Köpfe. Wahrscheinlich hatten sie schon gedöst, aber sie schienen mich im Halbschlaf gewittert zu haben. Kurz zögerte ich, dann kauerte ich mich zwischen die beiden. Jetzt konnte ich die Tränen nicht mehr zurückhalten und es war mir auch egal. Schließlich würde mich keiner von ihnen verraten. Eine Weile schluchzte ich vor mich hin, dann spürte ich eine kalte Schnauze an der Wange. Ich blickte hoch und sah meinen Dad, der sich vor mir aufgebaut hatte. Langsam drehte er sich hin und her, so, als präsentierte er sich auf einer Hundeschau.

Das verwirrte mich dermaßen, dass ich zu weinen aufhörte. „Willst du mir irgendwas wegen Noahs Abreise sagen?", fragte ich und zog die Nase hoch. „Vielleicht, dass du in deiner Lage ja auch nicht verzweifelt bist?"

Leise winselnd legte André den Kopf schief. Ich war mir nicht sicher, ob ich ihn richtig verstanden hatte, aber für einen Gestaltwechsel fehlte mir die Energie. Außerdem gab Schmuggel jetzt ein Brummen von sich, das sehr leicht zu deuten war: ‚Ruhe, ihr zwei Nervensägen! Von Schlafmangel ist noch nix besser geworden!'

Also kuschelte ich mich in sein Fell und vor Erschöpfung fielen mir tatsächlich die Augen zu. Leider – denn so dauerte es gefühlt nur einen kurzen Moment, bis der Morgen des Abschieds angebrochen war.

„Hier steckst du!", rief Nana und schüttelte mich leicht. „Süße, du spinnst doch, im Wartezimmer zu schlafen! Komm schnell, Mr Arons hat schon am Hafen angelegt."

Hundeelend rappelte ich mich hoch und folgte ihr zum Haupthaus. Dort waren Flynn und Noah gerade dabei, das Gepäck nach unten zu tragen. Ich stoppte kurz an der Treppe, doch Noah war entweder zu beschäftigt oder wich meinem Blick absichtlich aus. Also verkrümelte ich mich ins Bad und gab mir Mühe, mich einigermaßen frisch zu machen, bis ich das Telefon klingeln hörte. Als ich den Kopf in den Flur streckte, drang Nanas Stimme aus dem Erdgeschoss zu mir herauf.

„Und Sie wollen wirklich nicht an Land kommen und

eine Kleinigkeit essen? Wir haben hier jede Menge Reste von giftgrünem Kuchen, der viel besser schmeckt, als er … Nein, ich verstehe. Dann müssen Sie sich wohl beeilen, um den Flieger nicht zu verpassen. Alles klar, ich sag's ihm." Sie murmelte noch einen Gruß, dann knallte sie den Hörer auf den Apparat und rief: „Noah, dein Dad hat vor, so bald wie möglich wieder abzulegen! Wir müssen sofort los!"

Was dann passierte, zog wie ein Film im Schnelldurchlauf an mir vorüber. Jeder von uns schnappte sich ein Gepäckstück, Mam schmierte noch in Windeseile ein paar Sandwiches für ein Proviantpaket, dann machten wir uns auf den Weg zum Hafen. Es überraschte mich kaum, dass wir dort von den anderen Inselbewohnern erwartet wurden. Genau so hatten sie sich auch Anfang des Sommers versammelt, um Noah und Mr Bennet in Empfang zu nehmen – und genau wie damals wirkten sie jetzt nicht gerade erfreut. Ganz im Gegenteil. Nun galt ihre Feindseligkeit allerdings Mr Arons, der an Bord einer gemieteten Jacht stand. Er trug einen schicken grauen Mantel und strich sich immer wieder das blonde Haar zurück, das von den Windböen zerzaust wurde. Vielleicht war das aber auch eine nervöse Geste. Die Leute von Patch Island taten jedenfalls alles, um seinen Aufenthalt so unangenehm wie möglich zu machen.

„Der arme Junge. Entwurzelt wie ein junger Baum im Sturm", klagte Pfarrer Morland. Dabei schaute er ins Nichts, als würde er nur mit sich selbst sprechen, aber seine Stimme war laut wie bei der Sonntagspredigt.

„Pfui, Mr Murphy", sagte Tratschtanten-Tilda, als ihr Mops in Richtung der Jacht schnüffelte. „Der Herr kann Tiere sicher nicht leiden. Er will ja auch nicht, dass sein Sohn weiter als Tierpfleger arbeitet, obwohl er das so gut kann!"

„Amerikaner", bellte der alte Fergus, womit seiner Meinung nach wohl alles gesagt war.

Der Einzige, der Mr Arons direkt ansprach, war mein ehemaliger Lehrer, Mr O'Leary. „Dürfte ich Sie für meinen neuesten Artikel interviewen?", fragte er. „Es geht darin um Eltern, die unrealistische Erwartungen in ihre Kinder setzen und deshalb nur enttäuscht werden können. Auch ein Foto wäre nicht schlecht …"

Mr Arons fuhr sich schon wieder mit gespreizten Fingern durch die Haare. Seine angespannte Miene hellte sich erst auf, als er Noah entdeckte. „Endlich bist du da!", rief er und es klang, als würde er sich wirklich über das Wiedersehen freuen. Vielleicht tat er das ja auch, und möglicherweise glaubte er ernsthaft, dass er für seinen Sohn die beste Entscheidung getroffen hatte. Aber dieser Gedanke half mir nicht dabei, ihm zu verzeihen. Hätte er sich nur einmal die Mühe gemacht, Patch Island genauer kennenzulernen – und seinen Sohn –, dann hätte er längst begriffen, dass es für Noah keinen besseren Ort geben konnte.

Noah ließ sich seine Gefühle nicht anmerken. Er wirkte genauso verschlossen wie an dem Tag, als er nach Patch Island gekommen war. „Hallo, Dad“, sagte er dumpf, während er seinen schwarzen Rucksack über die Reling warf. „Ich bin gleich so weit.“ Dann kehrte er seinem Vater wieder den Rücken zu und wandte sich an Nana.

„Danke, dass ich bei euch wohnen durfte“, murmelte er, „ich hab echt viel von dir gelernt.“

„Ach, du. Komm schon her!“ Nana zog ihn beinahe ruppig in eine Umarmung, die er still über sich ergehen ließ. Sobald sie ihn wieder losgelassen hatte, drehte er sich schnell weg und ging vor Schmuggel in die Hocke. Mit beiden Händen wuschelte er dem Wolfshund durch das graue Fell.

„Wirst mir fehlen, Dicker", sagte er und Schmuggel, der in Wirklichkeit dürr und sehnig war, wedelte ungewöhnlich gutmütig mit dem Schwanz.

Als Noah sich wieder aufrichtete, trafen sich unsere Blicke. Meine Hand verkrampfte sich um Schmuggels Leine, während ich fieberhaft nach den richtigen Worten suchte.

„Mach's gut", kam Noah mir zuvor.

„War ein toller Sommer."

„Finde ich auch", erwiderte ich steif und wollte mich am liebsten dafür ohrfeigen. Was war denn mit mir los? Und mit Noah? Man hätte meinen können, wir wären nur entfernte Bekannte. Aber dann dämmerte es mir: Es gab keine passenden Abschlussworte für all das, was wir zusammen erlebt hatten. Egal, was einer von uns jetzt sagen würde – es wäre auf jeden Fall zu wenig. Mir blieb nichts anderes übrig, als ein künstliches Lächeln aufzusetzen und dabei zuzusehen, wie Noah an Bord ging. Um mich herum wurden Abschiedsgrüße gerufen, Brenda ließ ein rosa Stofftaschentuch im Wind flattern und Mr Murphy musste Tilda mal wieder sein Vorderpfötchen zum Winken leihen. Kurz darauf setzte sich die Jacht in Bewegung. Ich stand als Einzige vollkommen reglos da, während Noah und sein Dad langsam davonfuhren.

Erst ein leises Kläffen riss mich aus meiner Starre. Wie durch einen Nebelschleier schaute ich zu Schmuggel, aber er war es nicht gewesen. „Wöff", wiederholte mein Dad energischer. Sobald er meine Aufmerksamkeit erregt hatte, drehte er sich bedeutungsvoll hin und her, genau wie in der vergangenen Nacht. Es sah aus, als wollte er mich daran erinnern, wer er war.

Nein: wer *wir* waren! Plötzlich fiel mir ein, was ich vor Mrs Silvertons Kamin im Blick meines Vaters gelesen hatte: ‚Wir sind Pookas und das ist gut so. Nun mach schon.'

Der Gedanke durchfuhr mich wie ein Hitzestoß und im nächsten Moment begann das Verwandlungsbrennen. Diesmal machte ich keine Anstalten, es zu stoppen. „Bin gleich zurück!", konnte ich Nana gerade noch zurufen, bevor meine menschliche Stimme verschwand. Ich schrumpfte zusammen wie ein Ballon, dem man die Luft ausließ, und meine Haut überzog sich mit einem schwarzen Federkleid. Nur wenige Sekunden später sauste ich als Sturmschwalbe vom Pier. Gedämpft hörte ich hinter mir einen vielstimmigen Aufschrei, aber darum kümmerte ich mich nicht. Meine Flügel trugen mich unbeirrt weiter über die Wellen, bis ich das Schiff eingeholt hatte. Noah lehnte ganz vorne an der Reling, den Blick in die Ferne gerichtet. Offenbar hatte er keine Lust gehabt, sich während der Fahrt mit seinem Vater zu unterhalten. Ich landete direkt hinter ihm, und sobald ich das Deck unter meinen Füßen hatte, kehrte ich in meinen menschlichen Körper zurück. Als ich wieder zweibeinig und rothaarig war, tippte ich Noah auf die Schulter. Er fuhr herum und musterte mich so entgeistert, als würde ich meinen Kopf unterm Arm tragen wie der Dullahan.

„Ruby", keuchte er. „Bist du komplett verrückt geworden?"

„Nein, aber du!"

„Häh?" Jetzt hatte Noahs verdatterte Miene schon fast etwas Komisches an sich, aber ich war viel zu aufgeregt, um zu lachen.

„Noah, ich bin ein Mädchen mit magischen Fähigkeiten", brachte ich atemlos hervor. „Mit einem Zauberbuch, einer Tierwandlerfamilie und einer Fee als bester Freundin! Wenn du glaubst, dass wir dich nicht aus diesem Internat herausholen werden, bist du vollkommen durchgeknallt!“

Kaum hatte ich das letzte Wort gesagt, da bäumte sich das Schiff unter mir auf. Es schien, als wollten die Wellen meine Ansprache betonen. Ich stolperte einen Schritt nach vorne und prallte gegen Noahs Brust. Reflexartig schlang er die Arme um mich, damit ich nicht das Gleichgewicht verlor. Das Schlingern des Schiffes legte sich wieder, aber Noah ließ mich nicht los. Ich spürte ein schnelles Pochen in seiner Brust und auch mein eigenes Herz raste. Wie von selbst schlossen sich meine Augen, als Noah sich vorbeugte. Im nächsten Moment waren seine Lippen auf meinen. Hätte er mich dabei nicht festgehalten, wären meine Knie bestimmt doch noch unter mir weggeknickt. Noahs Mund berührte mich ein zweites Mal, ganz warm und weich. Dann löste er sich von mir, um zu flüstern: „Versprochen?“

Ich nickte stumm.

„Also dann – bis bald. Lass dich nicht unterkriegen, Ruby Agatha“, sagte er mit einem kleinen Grinsen.

„Du auch nicht, Noah Cornelius.“

Das warme Gefühl in meinem Bauch mischte sich mit dem Verwandlungsbrennen, während ich zusammenschrumpfte. In einer Sekunde spürte ich noch Noahs Arme um mich, in der nächsten saß ich bereits als Vogel zu seinen Füßen. Schnell flatterte ich auf die Reling, um ihm noch einmal ins Gesicht zu sehen. Dann breitete ich die Flügel aus und flog nach Patch Island zurück.

Kira Gembri wurde 1990 als zweitältestes von fünf Kindern in Wien geboren. Dieser schönen Stadt blieb sie auch nach ihrem Studium der Vergleichenden Literaturwissenschaft treu. Ihre Liebe zu Büchern teilt sie mit ihrem Mann und ihrer kleinen Tochter, die ganz fest an Märchen glaubt. Fabelwesen hausen übrigens keine bei ihr – aber ein Kater, der in seinem früheren Leben definitiv ein Kobold war.

Verena Körting wurde in Köln geboren und wuchs auch dort auf. Nach dem Kommunikationsdesign-Studium an der FH Düsseldorf zog sie nach Hamburg und arbeitete dort als Grafikdesignerin, was ihr aber auf Dauer zu langweilig war. Seit 2010 illustriert sie, mittlerweile hauptberuflich, für verschiedene Kinderbuchverlage. Sie lebt und arbeitet in Köln.